건축의 신 7

반자개 장편 소설

초판 1쇄 찍은 날 | 2016년 11월 17일
초판 1쇄 펴낸 날 | 2016년 11월 24일

지은이 | 반자개
펴낸이 | 예경원

기획 | 위시북스
편집책임 | 박우진
편집 | 이즈플러스

펴낸곳 | 예원북스
등록번호 | 제396-2012-000132호
등록일자 | 2012. 7. 25
KFN | 제1-043호

주소 | 경기도 고양시 일산동구 호수로 646-24 위너스21 II 빌딩 206A호 (우)10401
전화 | 031-819-9431 팩스 | 031-817-9432
E-mail | yewonbooks@naver.com

ISBN 979-11-5845-364-0 04810
    979-11-5845-549-1 (set)

반자개 장편 소설

WISHBOOKS MODERN FANTASY STORY

건축의 신

7

Wish
Books

CONTENTS

건축의 신

46장
MT(4)

성훈이 소리쳤다.

"물러나! 더 이상 다가가지 마. 위험해."

지붕의 가운데가 삐걱대며 눈이 후드득 흘러내리고 있었다. 아니, 눈과 날카로운 얼음이 뒤섞여 흘러내리는 중이었다.

우리가 도착한 지 얼마 지나지 않아 지붕 한가운데가 발광하듯 떨리며 꺾이고 있었다.

끼이익. 쿠당탕. 탕.

보이지는 않지만 내부의 대들보가 꺾어지는 소리일 것이다.

"뒤로 물러서."

철골이 부딪치는 굉음과 판넬 구겨지는 소리가 여과 없이 귀를 관통했다.

달이 내뿜는 조명 아래.

건물이 비명을 질러대며 쓰러져 가고 있었다.

이게 현실이 아니었다면 감탄을 했으리라.

이보다 더 스펙터클한 장면은 없었을 테니.

그러나 현실은 무참함, 그 이상이었다.

찌그러진 창틀에서 조각난 유리들이 비산한다.

그마저도 눈보라에 휩쓸려 흔적 없이 사라졌다.

부서지는 판넬에서 먼지가 뿜어져 나왔다.

"뒤로 물러나. 파편이 어디로 튈지 몰라."

그 광경을 목도하는 모두가 얼이 빠져 있었다.

안에 사람이 있었다면 얼마나 소름이 끼쳤을 것인가?

무너지며 찢어진 철판에 사람의 피부 따위는 가위 앞의 헝겊이나 별반 다를 바가 없다.

다른 점이 있다면 피가 쏟아지고 내장이 흘러내린다는 정도일까?

민수와 경호가 어느새 옆에 서 있었다.

"이런 일이 실제로 일어날 수도 있네요. 선배님."

"무시무시하네요. 형."

민수가 마른침을 삼키며 말을 이었다.

"전 솔직히 형이 걱정이 지나치다고 생각했었거든요. 조심해서 나쁠 건 없지만."

백문이 불여일견.

건축에 사명감을 가져라.

건축가의 손에 인간의 생명이 달려있다.

입이 닳도록, 피를 토하도록 말해도 알 수 없다.

백번을 말해도, 느끼지 못하면 아무런 쓸모가 없다. 하지만 지금은 그럴 필요가 없었다.

온몸으로 건물의 비명을 느끼고 있었으니까.

이 장면은 평생 동안 머리에서 지워지지 않겠지.

'이 광경이 뇌리에 남아 있는 한은, 감히 건축으로 장난칠 생각은 못 하겠지.'

오늘의 일은 자라나는 새싹들에게 살아 있는 교육이 될 것이다.

상식으로 이해할 수 없는 이 사태에 사람들이 정신을 못 차리고 있었다.

"민수야. 그럴 리 없겠지만, 인원 점검 해봐라. 빠진 사람 있으면 바로 이야기하고."

민수가 서둘러 자리를 떴다.

"경호는 119나 경찰에다 연락해. 건물이 무너졌다고."

잠시 후, 경호가 난감한 얼굴로 말했다.

"성훈 선배님, 휴대폰이 안 터집니다."

펜션이 무너질 정도의 폭설이니, 송신탑에 문제가 생겨도 전혀 이상할 것도 없지.

안 되는 현실을 원망해 봐야 의미가 없었다.

"그럼 우리 옥상에는 문제가 없는지, 다시 한 번 확인하고 와."

모두가 바쁘게 움직였다.

민수가 빠진 인원은 없다는 소식을 알려왔다.

비로소 안도의 한숨이 나왔다.

'이로써 내 주변의 사람들은 다치지 않은 것인가? 휴.'

멍하니 서 있는 미현이 보였다.

"어떻게 저런 일이⋯⋯."

"생각 없는 사람들이 저지른 일이죠."

엄밀히 말해 건축가의 잘못이 아닐 것이다. 기준에 맞지 않는 설계를 해줬을 리가 없을 테니까.

'건축주가 비용을 줄이려고 무슨 수작을 부린 거겠지.'

그러나 그 관리 감독의 책임도 건축가에게 있었다.

누가 되었든 이 일은 건축인들의 책임이었다.

미현이 고개를 숙였다.

"어, 성훈 씨. 아까는 오해해서 미안해요."

그녀의 진심을 표정이 말하고 있었다.

"괜찮아요. 충분히 오해할 만한 상황이었다고 생각해요. 그런데 현주 씨는 어디 갔나요? 안 보이는데."

미현도 몰랐다는 듯 뒤돌아보며 말했다.

"글쎄요. 화장실에 갔나?"

얼이 빠져 펜션을 보고 있는 친구들에게 물었다.

"현주 혹시 못 봤니?"

역시 모르는 모습이었다.

"민수야. 경호야. 애들한테 현주 씨 본 사람 있는지 물어보고, 찾아오라고 해."

미현들 중 하나가 걱정스레 물었다.

"미현아. 아까 현주가 펜션에 뭐 놓고 온 거 있다는데, 거기 간 거 아닐까?"

"설마. 현주가 거기 위험하다고 해서 여기로 온 거잖아. 무슨 말도 안 되는 소리를 하니?"

"그거 현주한테는 소중한 거잖아. 미현이 네가 늦장 부려서 현주가 너 챙기느라고 그런 거잖아."

친구의 타박에 미현은 짜증으로 맞받아쳤다.

"그럼 그게 나 때문이라는 거니? 무슨 말을 그렇게 해?"

'이 사람들아. 지금 그걸로 싸울 때니?'

멀리서 민수가 소리쳤다.

"형. 현주 누나가 안 보여요. 아무 데도 없어요."

'아! 이럴 수가.'

산을 내려간 곳이 아니면 갈 곳은 한 군데밖에 없었다.

"제장."

나도 모르게 혼잣말이 튀어나왔다.

"뭐라고요?"

미현이 쌍심지를 켜고 내게 말했다.

하지만 난 이미 달리고 있었다.

'이런 젠장. 왜 하필 지금이야. 나한테 말이라도 하지.'

펜션을 향해 달렸다.

그곳으로 달려가며 기도했다.

'제발. 부디 제발.'

한 명의 사상자라도 생긴다면 그동안 공들인 것이 모두 허사로 돌아갈 것이다.

눈보라가 어지러이 날린다.

얼마나 뛰었을까?

불 켜진 펜션이 보였다.

느낌 탓일까? 펜션이 살짝 기울어져 보였다.

'제발! 그냥 느낌이기를.'

다가갈수록 가슴이 미치도록 울렁거렸다.

흔들리는 파도 위에 펜션이 떠 있는 느낌이었다.

끼익끼익.

아주 불안한 느낌.

현관문을 벌컥 열고 들어섰다.

마치 다른 공간에 들어온 듯한 위화감.

귀 뒤가 쎄하게 간지러운 느낌.

귀를 시리게 하던 눈보라는 사라지고, 건물의 비명 소리만 들렸다.

키릭. 키릭.

거실에는 불이 켜 있었지만 아무도 없었다.

천장에 달린 샹들리에만이 흔들거릴 뿐이다.

뒤따라온 아이들의 발소리가 들렸다.

뒤돌아서 소리쳤다.

"들어오지 마. 위험해!"

지금도 어떻게 될지 모르는 상황에서 아이들을 들였다가는 더 큰 피해를 입게 될 것이다.

"민수야. 애들 통제해. 멀리 떨어지게 하고."

"네, 형. 여기는 걱정 마세요."

아이들을 뒤로 물러서게 하는 소리가 들렸다.

너무 성급한 판단이었을까?

발바닥으로 건물의 흔들림이 느껴진다.

'젠장할. 그래도 어쩔 수 없잖아.'

누군가는 해야 할 일이다.

그럴 거라면 내가 적임자다.

이미 내 발은 집 안에 들어와 있으니까.

"현주 씨? 안에 있어요?"

목소리가 없다면 지금이라도 달려 나가야 했다.

다행일까, 불행일까.

"네."

겁먹은 듯한 목소리가 2층에서 들려왔다.

"일단 움직이지 말고 그 자리에 있어요."

어설프게 움직이다가 하중의 균형이 조금이라도 무너지면 그냥 깔리는 거다.

지금 이 건물은 성냥개비 위에 아령을 올려놓은 것 같다.

옆으로 쓰러질지, 아니면 성냥개비가 똑 부러질지 아무도 몰랐다.

'올라가면 방법이 있을까?'

그걸 생각할 정도면 이렇게 정신없이 뛰어 들어오지 않았을 거다.

'가면서 방법을 생각해 봐야겠어.'

계단 쪽으로 천천히 걸었다.

움직이는 걸음마다 긴장이 어렸다.

'이번에도 천장 가운데가 먼저 무너질까?'

무너진 펜션은 중간에서부터 무너져 내렸다.

반드시 똑같지는 않겠지만, 같은 구조라면…….

'일단은 그걸 믿어보는 수밖에.'

샹들리에가 다시 요동친다.

그냥 나가라고 외치는 소리 같았다.

'바보냐? 얼른 나가!'

경고를 무시하고 계단을 디뎠다.

'그냥 지나치던 계단인데, 젠장.'

삐익. 삐익.

계단이 비틀리는 소리가 난다.

지붕의 눈 무게를 버티기 어려운 듯, 기둥들도 비명을 지르고 있었다.

거기에 바람은 신나게 부채질을 하고 있었다.

쾅.

바람에 현관문이 닫혔다.

심장이 덜컥거렸다.

'에라, 모르겠다.'

휙. 휙. 휙. 휙.

소리 없이 18계단을 뛰어 올라갔다.

계단은 아직 무너지지 않았다.

하지만 곧 무너질 것 같이 삐걱거렸다.

콰직.

처음 발돋움했던 계단이 조각조각 으스러졌다.

'이런. 벽이⋯⋯. 조금만 더 버텨 줘. 제발.'

이렇게 죽을 거면 돌려보냈겠어?

어떻게 해도 살 운명이면 살겠지.

여기 있으면 깔려죽을 거고.

밖으로 도망치면 평생 비겁자의 타이틀을 거머쥐고 살아야 한다.

아무도 욕하지 않겠지만 내 스스로 말이다.

'그건 싫어!'

비명을 삼키며 나머지 다섯 계단을 뛰어올랐다.

멈출 틈도 없이 불 켜진 방으로 들어갔다.

끼익. 콰직. 콰직.

기괴한 파열음이 끊임없이 들려왔다.

집이 계단을 집어삼키는 소리였다.

그녀는 주저앉은 채, 어찌할 바를 모르는 얼굴이었다.

두려움 때문이겠지.

소리 없는 눈물이 그녀의 눈을 채우고 있었다.

"현주 씨, 여긴 뭐 하러 온 거예요?

나도 모르게 짜증이 솟구쳐 올랐다.

"흑. 놓고 온 게 있는 것 같아서⋯⋯."

"위험하다고 그렇게 말했잖아요!"

맺혀 있던 눈물이 또르르 흘러내렸다.

"미안해요. 정말."

그녀의 눈물을 닦아주며 말을 끊었다.

됐어. 지금 그게 중요한 건 아니니까.

"당장 여기서 나가요."

그녀가 고개를 끄덕였다.

손을 내밀며 물었다.

"일어날 수 있겠어요?"

현주가 울듯이 말했다.

"다리가 안 움직여요."

"이런 젠장맞을!"

마음속의 말이 입으로 튀어나왔다.

'일단 여기서는 벗어나야 해.'

아래로?

계단이 남아 있다고 해도, 위험해.

끼기기긱. 끼이잉.

굉음이 점점 심해지고 있었다.

이제 십여 초나 버틸 수 있을까?

"당신. 여기서 뛰어내릴 수 있어요?"

"그게 무슨……."

"아니에요."

허리가 빠졌다는데 뛰기는 무슨.

'김성훈. 정신 차려.'

안고 뛰어내리는 수밖에.

'문제는 내 다리가 버텨내느냐 하는 거지.'

"현주 씨."

"네?"

나를 돌아보는데, 그녀를 번쩍 들어올렸다.

많이 나가 봐야 45kg 정도.

'설마 이 정도로 금 가기야 하겠어.'

"지금. 뭐……."

어버버하는 그녀를 다시 내려놓았다.

창문을 열고 하나씩 뜯어냈다.

"여기로 나갈 거예요."

'그다음은?'

눈으로 묻는 현주에게 말했다.

"지금 질문할 시간 없어요. 알죠?"

그녀를 창가에 놓고 창밖으로 몸을 뺐다.

"현주 씨, 손!"

그녀가 내게 손을 내밀었다.

두 팔을 뻗어 그녀의 겨드랑이에 넣고 쭈욱 뽑아 올렸다.

"어머?"

"좀 아프더라도 참아요."

가벼웠다. 쑥 딸려 올라왔다.

쩡. 쩡. 쨍그랑.

창유리들이 갈라져 사방으로 비산한다.

저 소리가 끝나면 폭삭 주저앉는다.

"형. 얼른 뛰어내려요."

'기다려 봐. 집이 어느 쪽으로 무너질 줄 알고.'

현주는 두 팔로 내 목을 감싸고 있다.

온몸으로 두려움의 떨림이 느껴졌다.

"괜찮아요. 무서우면 눈 감아요."

말하는 내 입에서 단내가 난다.

귀를 아리는 바람이 얼굴을 사정없이 때린다.

"꽉 잡아요."

이 여자가 지금! 영화 찍는 줄 아나!

지금 현주를 안고 있는 두 팔을 꽉 죄었다.

'이 가느다란 팔뚝으로 낙하 충격을 버틸 수 있을까? 떨어지는 충격에 팔을 놓칠지도 몰라.'

별의별 생각이 머리를 스치고 지나간다.

"두 팔로 목을 꽉 잡으라고. 당신 뺨이 내 얼굴에 닿을 정도로 이렇게!"

그녀의 몸을 거칠게 당겨 안았다.

현주가 움츠려들며 내 목을 꽉 조았다.

그녀의 숨결이 내 목을 뜨겁게 했지만 신경 쓸 여력도 없었다.

'놀라서 난리 안 치는 게 어디냐!'

미리 언질을 주었다.

정신 놓기라도 해버리면 곤란해지니까.

"충격이 올 거야. 그냥 출렁할 테니까 참아."

충격이라는 말에 놀랐던 모양이다.

'나도 몰라. 이런 거 처음이거든.'

하지만 이런 말을 입 밖으로 낼 수야 있나?

휘잉.

"날 믿어."

"네."

긴장했던지 경직된 쇳소리가 나왔다.

현주에게 물었다.

"꼭 찾아야 하는 거예요?"

뭔지 모르지만 그녀에게는 소중한 물건일 터.

그녀는 가로 고개를 저었다.

"아뇨. 이제 괜찮아요."

"나중에 같이 찾아봐요."

"미안해요. 사실은 당신 말을 믿지 않았어요."

"무너진다는 거?"

"네, 반신반의……."

"내려가서 혼내줄 테니 각오해요."

그녀가 고개를 숙였다.

현주의 떨림이 멎었다.

"아파도 팔 놓지 마. 그대로 뛰어 갈 거니까."

발 딛은 자리가 흔들린다.

민수가 고래고래 고함을 질렀다.

"형! 무너져요. 얼른."

"알아!"

나도 모르게 신경질적인 반응이 나왔다.

크게 심호흡을 했다.

"후. 하. 후. 하. 눈 꼭 감아."

그녀는 나를 동그랗게 뜬 채 보고 있었다.

"후!"

내 입 바람에 그녀가 눈을 질끈 감았다.

"꽉 잡아."

"네!"

바닥을 박차며 뛰어내렸다.

쿵.

"으그극."

발바닥에 둔중한 통증이 느껴졌다.

발뒤축에서 짜르르 올라오는 전기.

'끄아악. 젠장! 얼음 바닥이었지.'

미쳤지. 이대로 달려 나갈 생각을 하다니.

짧은 순간이지만 아킬레스건이 끊어질 것 같았다.

'에라! 나도 몰라.'

오늘만 이 말을 몇 번이나 되뇌었던가?

정신없이 앞으로 굴렀다.

그녀를 안은 채로 정신없이.

등으로 분산되면 발목에 충격은 덜 가겠지.

데구루루.

더 이상 고통이 느껴지지 않을 때까지.

그리고 펜션에서 최대한 멀리.

몇 바퀴나 굴렀을까?

더 이상 고통은 느껴지지 않았다.

'2층이었으니까 다행이지. 3층이었다면…….'

생각하지 말자.

차가운 땅바닥에 머리를 뉘었다.

'하아, 살았다.'

잠시 잠깐이지만 죽음을 각오했었다.

내 삶의 어느 한 부분에 지금처럼 격렬한 적이 있었던가?
내 모든 삶을 통틀어서 말이다.

크게 숨을 들이마셨다.

상큼한 청포도 향이 내 콧속을 간지럽힌다.

"에취!"

가슴으로 품에 안긴 여자의 무게감이 느껴졌다.

"괜찮아요? 현주 씨?"

내 가슴에 손을 짚었다.

"으음."

그녀는 나지막한 콧소리를 내며 일어섰다.

어찌나 굴렀던지, 그녀의 긴 생머리가 두건마냥 그녀의 얼굴에 감겨 있었다.

"풋."

현주는 미간을 찌푸리며 고개를 바로 세웠다.

"왜 웃어요?"

"그냥요."

그녀는 완전히 일어나 앉으며 머리를 손으로 쓸어내렸다.

말려 있던 머릿결이 스르륵 흘러내렸다.

그녀는 고개를 도리질하며 말했다.

"후우, 좀 어지럽네요."

그때였다.

우드득. 쾅.

귀를 찢을 듯한 굉음이 들려왔다.

"꺅!"

현주가 비명을 지르며 다시 내 가슴에 얼굴을 묻었다.

눈보라와 함께 붕괴의 후폭풍이 우리를 덮쳤다.

현주를 꼭 안아주며 말했다.

"괜찮아요. 여기까지는 안 와요."

민수와 경호가 달려왔다.

"형, 괜찮으세요?"

"선배님."

민수의 부축을 받으며 일어섰다.

"윽!"

"어디 다치셨어요?"

"발목이 약간 삔 것 같아. 그 외에는……."

미현과 다른 친구들도 달려왔다.

"현주야, 괜찮은 거니? 성훈 씨도 다친 곳은 없어요?"

미현의 말에 고개를 저었다.

"난 괜찮으니까, 현주 씨 부축해서 여기서 벗어나죠."

민수의 부축을 받아 걸어가는데, 미현의 목소리가 들렸다.

"괜찮아? 다친 데 없어? 당장 병원에……."

"미현아. 괜찮아. 다친 데 없어."

현주가 미현을 안심시켰고, 그제야 미현의 흐느끼는 소리가 들렸다.

경호가 투덜거렸다.

"정작 다친 데가 없는지 물어야 할 대상은 선배님인데 말이죠."

"됐어. 얼마나 걱정을 했으면 저렇게 울고 있겠냐? 얼른 가자."

민수는 후배들을 진정시켰고, 경호는 지붕 청소를 진두지휘했다.

민수들과 이야기를 하고 있는데 미현이 다가왔다.

"현주 씨는요?"

"누워 있어요."

그런 일을 겪었는데 아무렇지 않다면 그것도 이상한 일이리라.

"다친 데는 없죠?"

그녀가 고개를 끄덕였다.

"이마에 혹이 좀 났지만 그 정도는 아무것도 아니죠. 그런데 이제 어떻게 하죠?"

"대책을 마련해 봐야죠. 일단 이 사실을 외부에 알리고 돌아갈 방법을 마련할 겁니다."

말은 그렇게 했지만 사실은 다급한 상황이었다.

이런 상황이 며칠만 지속되어도 생존의 위협을 받게 된다. 언제까지나 지붕을 쓸고 있을 수도 없는 노릇이고.

"현주 씨, 당신들은 어떻게 할 건가요?"

미현이 말했다.

"당신의 결정에 따를게요."

성훈이 고개를 끄덕이며 말했다.

"민수야, 회장 불러와라. 놈들이 해야 할 일이 있다."

민수가 나가고 미현이 물었다.

"지금 당장 움직이시려고요?"

상당히 눈치가 빠른 여자였다.

"한 시간이라도 지체할 수가 없어요. 우리 애들도 지쳐가니까요."

사실 육체적인 피로도보다는 정신적인 피로감이 더 심할 것이다.

이 건물도 언젠가는 저 폐허들처럼 될 거라는 불안감 말이다.

잠시 후, 민수가 회장들을 데리고 왔다.

"선배님, 부르셨습니까?"

들어오는 녀석들이 불쌍해 보이기도 하련만, 아까의 절박함이 떠올라 좋은 소리가 나오지 않았다.

"건물 무너진 거 봤냐?"

녀석들의 고개가 아래로 숙여졌다.

"몇 사람이나 죽을 뻔했는지 아냐?"

놈들은 묵묵부답 말이 없었다.

할 말이 없기도 할 것이다.

"지나간 일이니, 더는 추궁하지 않겠다."

고개를 숙인 학생회장에게 말했다.

"여기로 오는 길. 너보다 잘 아는 사람 있냐?"

당연히 답사를 하러 왔었으니, 다른 친구들에 비해서는 잘 알 것이라는 추측이었다.

"아뇨. 없을 겁니다."

"그럼. 너희에게 이 일에 대해 책임질 수 있는 기회를 주겠다."

학생회장이 고개를 번쩍 들었다.

"그게 무슨 말씀이십니까?"

성훈의 의중을 알려는 듯 눈알을 번들거렸다.

"일단 지금까지 사상자는 없다. 그러나 앞으로도 없을 거라고 장담할 수 있냐?"

회장이 침울하게 고개를 저었다.

언제 무너질지 모르는 건물이다.

건물이 무너질 줄 몰랐다는 건 다른 사람에게 책임을 떠넘길 수 있을지 몰라도, 사람이 다치면 절대로 회피할 수가 없다.

"사상자가 생기면 네 입장도 그리 좋지만은 않을 거야."

회장은 성훈의 말을 기다렸다.

"그러니까 네가 가서 사람들 데려와."

"네? 지금 말씀이십니까?"

밤늦은 시간, 눈보라가 치고 있었다.

성훈이 고개를 끄덕였다.

"다른 방법 있으면 말해라. 납득할 만하면 수긍해 주마."

사실 성훈으로서도 할 수 있는 것은 다한 상황이었다.

총무가 말했다.

"저, 선배님. 내일 아침에 가면 안 될……."

뻑.

어느새 일어났는지 성훈이 발차기를 날렸다.

발길질에 총무의 거구가 구석으로 쓰러졌다.

"좋게 말로 하니까, 상황이 이해가 안 되지. 개새끼들아."

민수가 성훈을 말렸다.

"형. 얘네들 아니면 갈 사람도 없어요."

성훈의 눈가가 꿈틀거렸다.

"이 새끼들. 죽이고 싶은 걸 참고 있는데, 뭐가 어째?"

황급히 회장이 말했다.

"지금 당장 출발하겠습니다."

성훈이 쓰러진 총무를 가리키며 고함질렀다.

"꼴 보기 싫으니까, 나가!"

"네, 선배님."

회장과 회계가 총무를 부축하고 나갔다.

성훈이 그들의 뒤에 대고 말했다.

"시간은 내일 아침 동트기 전까지다."

"네?"

회장이 뒤돌아보며 눈을 동그랗게 떴다.

'아니. 지금 쉬지도 않고 내려가라는 말이야? 이 밤에 눈길을?'

딱 죽지 않을 만큼 달리라는 말이었다.

그러나 사정을 구하기에는 성훈의 분노가 녹녹치 않았다.

"그 시간이 지나면 나도 어떻게 될지 몰라."

"그래도 선배님. 그거……."

회장의 말이 채 끝나기도 전에 성훈의 불호령이 떨어졌다.

"안 뛰어?"

그리고 성훈이 벌떡 일어서는 것이 보였다.

"넵."

셋은 뒤돌아볼 틈도 없이 문을 닫고 사라졌다.

쾅.

'기특한 녀석들.'

성훈은 눈을 쓸다가 허리를 펴고 이마를 닦았다.

밤새 눈 치우는 것을 감독하느라 한숨도 자지 못했다.

후배들도 마찬가지였다.

밤새 교대로 눈을 치웠지만 누구 하나 힘들다고 말하는 사람은 없었다.

희미하게 먼동이 터오고 있었다.

"성훈 씨, 좋은 아침이네요."

뒤돌아보니 현주가 옥상에 올라와 있었다.

"이제 괜찮아진 거예요?"

"덕분에요."

현주가 성훈에게 고개를 숙였다.

"어제는 고마웠어요. 진짜로."

"누구라도 그랬을 거예요."

위기의 상황에 처해 있었으니, 그럴 법했겠지만, 애초에 성훈과 그녀는 아무런 관련이 없었다.

오히려 처음에는 미현에게 오해를 받지 않았던가. 그럼에도 그는 끝까지 최선을 다했다.

"성훈 씨, 내려가서 커피나 한잔 할까요?"

그녀가 손에든 보온병을 흔들었다.

성훈이 눈을 쓸고 있던 후배들에게 말했다.

"이제 곧 구조대가 올 거야. 그때까지만 참자."

후배들이 슬며시 웃으며 대답했다.

"여기는 걱정 마시고…… 흐흐."

성훈이 저 웃음의 의미를 모를 리가 없지만, 딱히 변명하고 싶지는 않았던 모양이다.

"내려가면 이 형이 거하게 고기 한판 쏜다."

"와! 감사합니다. 선배님!"

제설 작업을 후배에게 맡기고 아래로 내려왔다.

눈길을 걸으며 현주에게 물었다.

"당신 때문에 왔다면서요. 그렇게 들었는데……."

"여기 여행 온 거요?"

성훈이 고개를 끄덕였다.

"그렇게 큰일은 아니었는데……. 친구들이 보기엔 많이 힘들게 느껴졌나 보죠."

"좋은 친구들이네요."

그녀는 조용히 고개를 끄덕였다.

"그런데 좀 이상하더라고요."

"뭐가요?"

고개를 나에게로 돌리며 눈을 깜빡거린다.

'뭐든지 물어봐요'라는 눈빛이었다.

난 저런 눈빛을 가진 사람을 종종 봤었다.

자상한 눈빛 속에 자신의 아픔을 숨기는 사람들.

엄마처럼 말이다.

"당신 때문에 왔다고 하면 당신은 쉬고, 친구들이 뭔가를 해야 되는 것 아닌가요? 그런데……."

그녀가 끊임없이 미현과 친구들을 챙기고 달래는 것을 보았기 때문에 하는 말이었다.

"왜 제가 챙기냐고요? 제가 불편해서 그래요."

이런 곳으로 여행을 왔다는 건, 마음이 아프거나 괴로운 일이 있었다는 거다. 하지만 그녀에게는 전혀 그런 느낌이 없어 보였다.

"당신은 전혀 힘들어 보이지 않는데요."

"그렇죠. 괜한 걱정이라니까요."

"그게 아니라면 참고 있는 거든지."

어제 처음 본 여자에게 왜 이런 소리를 하는 걸까? 그런 거 모른다.

그냥 나오는 대로 말하는 중이었다.

또 그녀의 얼굴에 미소가 어리다가 사라진다.

살짝 입매가 올라갔다 내려왔다.

"천성인가 보죠."

"주변 사람들을 많이 챙기는 게?"

그녀는 고개를 살짝 끄덕이며 수긍했다.

한참을 말없이 걷다가 그녀에게 말했다.

"하지만 지쳤군요."

"그럴지도."

그녀의 입에서 하얀 입김이 퍼져 나왔다.

"저기 앉아서 이야기하죠."

성훈이 손이 가리킨 곳에 바위가 있었다.

그는 쌓은 눈을 슥슥 쓸고는 앉으라고 손짓했다.

"고마워요. 어제 후배들 대할 때는 엄청 무서운 사람처럼 보였는데, 이런 면이 있었어요?"

현주가 가볍게 목례를 하고는 앉았다.

성훈이 물었다.

"그런데 어제 거기는 왜 간 거예요?"

"두고 온 게 생각나서요."

"뭔데요?"

성훈을 보며 피식 웃었다.

"그냥……. 펜던트예요. 옛날에 선물 받은 거."

"소중한 거 아니에요? 찾으러 갈 정도면."

"아뇨. 이젠 괜찮아요. 그것 때문에 다칠 뻔했잖아요."

"그래도 찾아준다고 약속했잖아요."

현주가 먼 곳을 보며 커피를 홀짝거렸다.

"잊어버려요. 성훈 씨도. 이제 됐어요."

정말 괜찮은 것인지, 체념한 것인지 그녀의 옆모습은 편안해 보였다.

원래 그런 얼굴인지도 모르겠다.

성훈이 손을 포켓에 넣고 꼼지락거렸다.

꺼내 들고 햇빛에 비춰본다.

산을 바라보는 현주의 눈앞으로 가져갔다.

"이런 거요?"

"네, 그런……. 어디서 났어요?"

뭐라고 말해야 할까?

어제 낮에 주웠다고?

그럼 그녀가 그곳에 갔던 것은 결과적으로 쓸모없는 행동이 된다. 그리고 내가 그녀를 구한 것도 결국은 그 쓸모없는 짓에 동참한 무의미한 짓이 되겠지.

"어제 당신한테 갈 때…… 주웠어요."

그녀는 말없이 펜던트를 바라본다. 그리고 성훈을 바라보며 피식하고 웃었다.

'나에게 올 때, 이걸 주울 시간이 있었을까?'

그녀의 마음을 알 리 없는 성훈이 말했다.

"난 약속을 지켰어요. 그럼……."

돌아서는 성훈을 향해 현주도 일어섰다.

"성훈 씨."

"응?"

"고마워요. 정말."

성훈이 웃으며 말했다.

"귀중한 거라면 목걸이를 하고 다니세요."

'엄한 사람 고생시키지 말고.'

가려던 성훈이 되돌아서며 물었다.

"현주 씨, 지금 뭔가 답답하죠?"

무슨 의미냐는 듯 얼굴을 갸웃했다.

"왜 그렇게 생각하세요?"

"어제 당신의 춤은 아름다웠어요. 그러나 제가 보기에는 한풀이 춤처럼 보였어요."

그녀가 나를 향해 고개를 돌렸다.

'당신이 뭘 안다고 그렇게 말하느냐'고 할 수도 있었다. 잽싸게 말을 이어 붙였다.

"아, 전 무용 잘 몰라요. 전혀 몰라요."

양손을 내젓는 성훈을 보고는 피식 웃고 다시 산 아래로 시선을 돌렸다.

"그렇게 보일 수도 있었겠네요. 풋."

나풀나풀 선녀처럼 춤을 추는 그녀를, 무당이 살풀이하는 것처럼 봤다는 말과 비슷하지 않던가.

성훈이 말했다.

"여기서 풀고 가요. 이왕 여행 온 것 답답한 건 비워 버리고 가야죠."

"어떻게요?"

잠시 고민하던 성훈이 말했다.

"뭐 어떻게는요. 고함 한 번 지르는 거죠."

말을 내뱉고는 가슴 한 구석이 뜨끔해졌다.

'평생 큰 소리 한번 쳐본 적 없을 것 같은 여인에게 고함을 요구하다니, 김성훈 너도 참……'

그녀를 곁눈질로 보며 말했다.

"제가 시범을 보일게요. 큼. 큼."

헛기침을 몇 번 하고는 성훈이 고함을 질렀다.

"김성훈! 이 멍청한 자식아. 인생 똑바로 살아~!"

반대편의 산에서 누군가의 목소리가 들렸다.

'김성훈! 똑바로 살아~!'

현주를 돌아보며 머쓱하게 말했다.

"이렇게요."

그녀가 초승달 같은 눈가에 웃음을 머금은 채 말했다.

"자기보고 멍청하다니. 당신은 참."

모르는 사람이 본다면, 그런 이야기를 할 수 있을 것이다. 하지만 정작 나는 자신을 그렇게 생각하고 있었다.

'미래의 지식을 이용해서 돈을 벌었다면 벌써 부자가 되고, 잘 먹고 잘살았을 텐데. 아직도 이러고 있으니 하는 말이죠.'

그러나 어쩌겠는가?

도저히 그렇게 할 수가 없는걸.

'내 것이 아니었던 돈으로 새로운 삶을 사는 건, 게임하면서 맵핵이나 치트키 쓰는 거랑 뭐가 달라? 과정은 없는 결과만 얻겠지.'

그 결과를 맛보고 나면, 과정을 알고 싶어질까? 한 사람의 인생을 결과만으로 판단할 수 있을까?

그건 잘못된 거라고 생각한다. 절대 그럴 수 없다.

인생은 사람의 지나온 길을 말하는 것이다.

삶의 궤적.

지난 삶에서 먹고사느라 정신없이 내가 어디로 가는지도 모르고 살았다면, 이번 삶에서는 좀 더 정리정돈하면서 내 삶의 자서전을 스스로 쓰고 싶은 것이다.

내가 원하는 대로. 정당한 게임을 하면서.

물론 지금도 충분히 정당하지 못하다.

내가 보유한 백억에 달하는 주식이 그 증거다.

지금의 나는 심히 비겁자다.

하지만 아직도 그녀는 그저 미소만 짓고 있을 뿐이었다.

성훈이 물었다.

"어제 재미있었죠?"

"그럼요. 얼마나 웃었는지 몰라요."

"우리도 해볼까요?"

"무슨?"

"2번 올빼미."

영문을 몰라 눈을 크게 뜨면 되묻는다.

"네?"

"어허, 동작 봐라. 2번 올빼미."

성훈의 말이 무엇을 의미하는지 이제야 알아들은 듯했다.

"이 번 올빼미. 고! 현! 주!"

한 번도 고함을 쳐보지 않았던지, 찢어지는 쇳소리가 나왔다.

"목소리 그것밖에 안 됩니까?"

하지만 조교 흉내를 내면서도 성훈은 웃었다.

'이나마도 얼마나 용기를 낸 거겠어.'

"아닙니다. 더 크게 할 수 있습니다."

내 예상이 틀리지 않았던 듯, 그녀의 얼굴이 쑥스러움으로 발그레하게 상기되어 있었다.

정말 조교처럼 딱딱한 목소리로 말했다.

어제 그러고 놀았던 것처럼.

"고함 일발 장전!"

현주가 복명복창한다.

"고함 일발 장전!"

"배에 힘주고."

"배에 힘주고."

"발사!"

"고현주. 바보, 멍청이, 똥개, 말미잘, 인생 똑바로 살아~!"

곧이어 그녀의 목소리도 메아리로 되돌아왔다.

그리고 양 무릎을 짚고서 숨을 헉헉거렸다.

숨을 고르고 일어서서는 심호흡을 했다.

한층 밝아진 얼굴이었다.

"가슴이 좀 시원해진 것 같아요?"

제 명치를 통통 치더니 얼굴이 환해졌다.

"어머, 정말. 가슴이 뻥 뚫린 것 같아요."

얼굴에 계속 드리워 있던 편안한 미소는 사라지고, 새로운 공기를 마신 듯한 상쾌한 웃음이 그녀의 입가에 걸려 있었다.

"후. 하. 후. 하."

아침의 공기가 사라지는 것을 아쉬워라도 하듯, 크게 심호흡하고 있었다.

그녀의 속이 시원한 표정에 나마저도 속이 시원해졌다.

내가 좋은 사람이냐고.

아니, 난 전혀 그렇게 생각하지 않는다.

그저 돌아온 내 삶이 나에게 혹은 내 주변 사람에게 약간의 도움이라도 된다면 그것으로 만족한다.

지금의 잠시간 휴식이 끝나면, 나는 또 언제 그랬냐는 듯이 나만의 길을 걸어갈 것이다.

언제 그랬냐는 듯이 말이다.

되돌아오는데, 현주의 메아리가 들렸다.

"성훈 씨, 고마워요."

47장
학생회장(1)

"아, 씨발. 추워 뒈지겠네."

회장의 목소리였다.

어두운 밤길에 플래시 불빛 3개만이 흔들거렸다.

"회장아, 그냥 조용히 가자. 추워서 말할 힘도 없다. 젠장."

흥이 식은 회장은 주제를 여자로 바꿨다.

"야, 근데, 아까 그년들은 뭐냐? 존나 예쁘지 않던."

"예쁘긴 예쁘더라. 호리호리해 가지고."

그들은 여자들과 엮일 시간이 없었다. 하루 종일 눈을 쓸었기 때문이다.

"예쁘면 뭐 하냐? 우리 같은 놈들은 쳐다도 안 보게 생겼던데."

듣고 있던 회계도 입이 툭 튀어나왔다.

"빨리 가기나 하자. 진짜로 얼어 죽겠다."

동이 터왔다.

"경찰서다. 얼른 들어가자."

뛰어가려는 둘을 회장이 붙들었다.

"얘들아. 이대로 끝낼 거냐?"

"아, 추워. 그게 무슨 소린데?"

"그래, 뭔 소린지 알아듣게 말을 해야지. 회장."

회장이 빠르게 말을 이었다.

"우리가 그런 데라고 알고 온 것도 아니고, 그걸 왜 우리 책임으로 돌리냐고. 안 그러냐?"

총무의 얼굴이 어두워졌다.

"그래도 이 정도에서 끝나는 게 어디냐? 사람 안 다쳤으니, 다행이지."

회장의 목소리에 살이 어렸다.

"이런 병신! 그래서? 사람이 다치기라도 했냐?"

"야, 그래도 다쳤으면 너도 우리도 작살나는 거였어."

"그래, 회장. 네가 분한 건 알겠는데 이제 그만하자."

하지만 회장은 전혀 그럴 생각이 없는 모양이었다. 그의 코에서 콧김이 푹푹 나왔다.

회계가 물었다.

"그래서 어떻게 하려고?"

"일단 내려가서 신고하고, 병원 가서 진단서 끊어. 그 뒤에는 내가 모두 알아서 할게."

어이없다는 듯이 총무가 말했다.

"야, 애들 아직도 눈 쓸고 있을 거라고. 진짜로 남은 펜션이라도 무너지면 그때는 진짜 끝장이야. 선배 말대로 시간이 없어.

회계도 거들었다.

"그래, 잘못한 건 잘못한 거고. 이제부터라도 잘하면 되는 거지. 그리고…… 너! 우린 왜 끌고 들어가는데."

"병신아. 이렇게 폭행을 당했는데 나 혼자 가서 뭐라고 하면 그게 올바로 증거로 먹히겠냐? 증인은 많을수록 좋은 거야!"

총무의 얼굴에 비웃음이 어렸다.

'아이구, 이유가 없었던 것도 아닌데 무슨……. 그리고 세 명이 한 명한테 줘 터진 건 안 쪽팔리고?'

"그래서 고소하겠다고? 그 뒤에는?"

"너 우리 외삼촌이 국회의원인 거 알아? 몰라?"

결국 국회의원 빽으로 뭔가를 하겠다는 말이었다.

총무가 말했다.

"난 됐어. 무조건 빠질 거야. 더 이상 그 선배랑은 그런 일로 안 엮이고 싶다."

"덩치는 산만 해가지고 겁 많은 새끼. 그럼 넌 빠져. 회계는?"

회계도 별반 신통치 않은 반응이었다.

"나도 빠질란다. 괜히 더 문제를 키우지 말자."

"겁쟁이 새끼들. 내가 저런 놈들을 믿다니. 난 지금 바로 병원에 입원할 테니까. 그런 줄 알아. 병신같이 만회할 기회를 줘도 못 먹네."

회장이 택시를 잡아타고 병원으로 향했다.

회계가 총무에게 말했다.

"너 봤냐?"

"뭘?"

"그 선배 시계?"

"몰라. 내가 봐서 아냐?"

"내가 시계는 좀 알잖냐?"

"근데?"

"그 시계 졸라 비싼 거야. 억수로 부자만, 아니, 돈이 썩어 남아야 찰 수 있는 시계라고."

"그 말은?"

"학생회장은 좆 됐다는 말이지."

"그럼, 지금이라도 전화 때려 줘야 되는 거 아니냐?"

회계가 고개를 절레절레 흔들었다.

"안 돼. 회장 저 새끼. 저렇게 눈 돌아가면 아무 말도 안 통해."

"그래도 외삼촌이 국회의원이라니까, 뭔가 방법이 있겠지."

"그것도 어느 정도 돈이 있는 상대한테나 통하는 거지. 저 정도로 돈 많으면 안 통해. 국회의원 빽 가지고 어떻게 하기 어려워. 넌 왜 안 한댔냐?"

"내가 건달 생활 좀 해봤잖아. 아는 형님들도 좀 있고."

회계가 고개를 끄덕였다.

"저런 사람, 함부로 건드리면 뒈져. 진짜로."

그 말에 담긴 의미를 아는 회계는 다시금 고개를 끄덕였다.

총무가 물었다.

"그럼 우린 어떻게 해야 하나?"

"뭘 어떻게 해? 시키는 대로나 잘해야지. 잘못 걸리면 너나 나처럼 빽도 없는 놈들은 순식간이야. 사람을 그렇게 패는 인간 봤냐? 그 선배 정도면 세상 돌아가는 물정 뻔히 알 텐데."

"하긴 그런 사람이 앞뒤 안 재보고 팰 리는 없지. 으윽."

마지막까지 성훈의 킥에 당한 총무가 어깨를 움켜쥐었다.

"어쨌거나 빨리 경찰들 데리고 올라가자."

"회장은?"

"몰라. 그 새끼는 지가 알아서 하겠지."

"야, 이 사람들아. 눈이 와서 갇힌 거야 그렇다고 쳐도. 멀쩡한 집이 왜 무너져?"

둘과 같이 올라온 경장이 짜증을 냈다.

"그러게. 지금이 70년대인 줄 아나? 시간 되면 어련히 제설 작업 안 할까 봐. 젊은 학생들이 경찰에게 허풍을 떨어?"

그 옆의 순경은 한술을 더 뜬다.

"학생들, 거짓말이면 공무집행 방해죄 적용되는 것 알아?"

눈 덮인 오르막을 오르며 쌓인 짜증을 오르막 끝에서 폭발시켰지만 무너진 펜션 2채를 보고는 입을 다물었다.

총무와 회계가 당당하게 말했다.

"경찰 아저씨, 보셨죠?"

경장이 다급하게 외쳤다.

"김 순경, 뭐 해? 얼른 무전 치고. 기자들 불러!"

멀리서 성훈의 목소리가 들려왔다.

"뭐 해, 얼른 안 모시고 오고."

경장이 성훈에게 물었다.

"자네가 책임자인가?"

"당분간은 그렇습니다."

정작 책임자여야 할 한 교수는 술병에다가 잠자리를 옮기면서 몸살까지 걸려서 끙끙 앓고 있었다.

"네, 제가 책임자입니다."

"다친 사람은 없나?"

"네, 다행히 다친 사람은 없었습니다."

성훈의 말을 총무가 거들었다.

"저희 선배님께서 잘 이끌어 주셔서 아무도 안 다쳤습니다."

성훈의 눈에 총무가 회계의 옆구리를 쿡쿡 찌르는 것이 보였다.

"맞습니다. 성훈 선배님 덕분입니다."

'이것들이 몇 대 맞더니, 정신을 제대로 차린 건가?'

그 모습을 경장이 뭔가 미심쩍은 얼굴로 바라보았다.

'이상해. 두 녀석의 얼굴이 멍투성이인 것도 그렇고.'

뭔가 추궁을 하려고 하는데, 현주가 말했다.

"맞아요. 어제 펜션이 무너지는데, 성훈 씨가 절 구해줬어요. 위험을 무릅쓰고요."

다른 사람들도 이구동성으로 증언을 하는데, 뭐라고 할 말이 없었다.

"정말 대단한 일을 했구만. 사람이라도 다쳤으면 어쩔 뻔했어. 잘했어."

경장이 성훈의 어깨를 두드렸다.

"그럼 나는 현장을 한번 둘러보겠네."

"네, 알겠습니다. 경호는 가서 안내해 드려라."

성훈이 돌아서며 말했다.

"총무하고 회계는 나 좀 따라와라."

"야! 왜 너희끼리만 왔냐? 회장은 어디 가고?"

총무가 회계를 앞으로 스윽 밀었다.

놀란 녀석이 그를 돌아봤지만 '내가 훨씬 더 많이 맞았잖아. 더 이상 맞기는 싫다. 넌 말도 잘하잖아?' 하는 썩은 얼굴을 하고 있었다.

성훈이 고개를 좌우로 돌렸다.

뿌드득. 뿌드득.

"이것들 봐라. 내가 분명히 연대 책임이라고 말했을 텐데. 회장이라는 놈이 도망을 가!"

그리고 그들에게 손짓했다.

"옆방으로 따라 들어와."

다급히 회계와 총무가 성훈의 바짓가랑이를 잡고 사정했다.

민수를 비롯한 사람들이 있었지만 둘은 체면을 차릴 정신이 없었다.

"선배님, 사실대로 말씀드리겠습니다. 제발."

"그래서 회장이 날 폭행으로 고소한다? 그거냐? 지금?"

둘이 동시에 고개를 끄덕였다.

"성훈 씨, 말이 되는 소리예요? 적반하장도 유분수지? 큰 사건이 될 걸 막아줬더니. 안 그러니? 현주야."

미현이 흥분해서 말하는 소리였다.

"선배님, 저희는 분명히 말렸습니다."

내려다보는 성훈의 눈빛에 오금이 어렸다.

총무의 말마따나 죽일 듯한 눈빛이었다.

"안 그랬으면 저희가 이렇게 올라왔겠습니까?"

성훈도 들어보니 맞는 말이었다.

"그러니까 그놈은 믿는 빽이 있어서, 그런 짓을 한다는 거네. 그렇지?"

"네, 말씀이 맞습니다. 배은망덕한 놈입니다."

어제의 동지가 오늘의 적이라는 격언이 있다.

남들이 보기에는 이 둘이 오히려 배은망덕하고 의리 없는 놈들로 보일지도 모른다.

하지만 이들의 사정은 달랐다.

'우리가 비겁하다고? 그럼 직접 맞아보든지?'

어떤 사람은 이렇게 물을 수도 있겠지.

그럼 회장은 왜 그렇게 오기를 세우는데?

'그 새끼는 덜 맞아서 그런가 보지. 적어도 선배한테 직접적으로 주먹을 겨누지는 않았잖아. 그래서 덜 맞았거든.'

이 생각이 진실이든 아니든, 그 둘에게는 성훈에게 덤빈다는 것이 바위로 계란 치기로 느껴졌다.

성훈이 말했다.

"일어서라."

미현이 흥분해서 말했다.

"성훈 씨, 어떻게 회장이란 사람은 그럴 수가 있죠? 책임감도 없나요?"

그런 미현을 향해서 회계가 말했다.

"그렇게 쉽게 생각할 것만은 아닙니다. 그 친구 외삼촌이 지방이지만, 꽤나 유지고 국회의원이라서 힘도 있습니다."

"그래서 그 사람한테 그렇게 숙이고 있었던가요? 그럼 지금 성훈 씨한테는……."

"저희는 선배님 후배잖습니까? 이러는 게 당연한 거죠."

이제 성훈에게 납작하게 고개를 숙이는 둘이었다. 물론 말할 수 없는 속사정이야 많이 있겠지만, 그들로서도 더 큰 위험을 피하기 위한 모험인 것이다.

성훈이 말했다.

"놔두세요. 보아하니 이놈들도 마음을 고쳐먹은 모양인데."

둘이 고개를 크게 끄덕였다.

옆에서 듣고 있던 미현이 물었다.

"몇 선 국회의원이신데요?"

"재선이라고 알고 있습니다."

총무의 대답에 미현이 피식 웃었다.

"현주야. 재선이래. 어쩜 좋으니?"

그러면서 성훈에게 말을 건넸다.

"성훈 씨, 우리가 도와줄까요?"

성훈이 미현을 바라보았다.

'도와준다고? 왜? 무엇을? 어떻게?'

애초에 도움 받을 생각이 없는데, 방법은 물어서 무엇하랴.

"왜 돕는다는 거죠?"

"그야 당연히. 성훈 씨가 현주가 위험에서 구했잖아요. 그 대가로."

그런 미현을 현주가 말렸다.

"애는 무슨 소리를 하는 거니? 넌 사람 목숨으로 거래하려는 거니?"

현주의 화난 목소리에 미현이 말을 잃었다.

"현주야. 그런 말이 아니잖니? 그리고 겨우 2선 의원을 가지고, 너 같은 애 앞에서 명함이나…… 우푸푸. 지금 뭐 하는 거니?"

현주가 미현의 입을 막았다.

"성훈 씨, 현주 말 오해하지 마세요. 신세를 갚았으면 좋겠다는 거지, 다른 의미는 아니에요. 하지만 제가 도와드릴 일이 있을 것 같아요."

하지만 성훈은 고개를 저었다.

"현주 씨, 잘 들으세요. 저는 어제 그런 일을 빚이라고 생각하지 않습니다."

"그거야. 당연히."

"그냥 사고였고, 이미 지나간 일입니다."

"하지만 성훈 씨."

"그리고 만약에라도 도움이 필요하다면 제가 직접 요청하겠습니다."

미현과 현주의 대화로 봐서는, 꽤나 힘이 있거나 재력이 있는 집안의 여식들임이 분명했다. 재선의원을 우습게 볼 수 있는 그런 집안 말이다.

반드시 그렇지 않을 수도 있겠지만 타고 온 폭스바겐만 해도 그리 흔한 차는 아니었다.

'왜 도움을 준다는데, 거절하냐고?'

바보 아니냐고?

그건 하나만 알고, 둘은 모르는 거다.

남자는 곧 죽어도 멋이다.

혼자 힘으로 충분히 해결할 수 있는 일을 다른 사람의, 그것도 자신보다 어린 여성의 힘을 빌린다는 말인가?

'남자가 가오가 있지?'

자칫 오해하면 그녀들의 힘을 빌리기 위해서 접근했다는 오해를 받을 수도 있지 않을까?

수많은 막장 드라마에서 그러는 것처럼.

미현을 쏘아 보았다.

'이 사람아. 설령 인연이 된다고 해도, 꿇리고 들어가기는 싫거든! 데릴사위도 아니고.'

미현이 내 성훈의 눈빛에 발끈했다.

"왜 그런 눈으로 보는 거예요?"

"제가 뭘요?"

실제로 만약 그렇게 권력이 없다고 하더라도, 위험에 처한 사람을 구했다는 것, 벌어질 미래의 사고를 막았다는 것으로 내가 하고 싶은 것은 다했다.

또한 힘이 있는 자들이라고 해서, 그 힘에 기대고 싶은 생각도 없었다.

그런 갑질이 싫어서 이런 말도 안 되는 – 주식과 그 외의 미래의 지식을 숨기는 – 수행을 하고 있는 중인데, 지금 와서 힘을 빌린다는 말인가?

그건 지금의 나에게 어울리지 않는 옷과 같았다.

방을 나오며 성훈이 중얼거렸다.

"작살을 내려다가 살려 두니까, 다시금 칼을 겨눈다. 그거지?"

뒤따라 나오던 총무들이 성훈의 중얼거림을 들었다.

'회장, 좆 됐다. 병신 새끼!'

학교로 돌아왔다.

다음 날, 바로 총장실을 찾았다.

"총장님, MT 때 전화드린 건 때문에 왔습니다."

학회장 패거리를 패면서 그들의 비리에 대해서 녹음을 했었다. 그리고 그대로 방치할 수 없어서 총장과 통화를 해서 방법을 찾아 달라고 했었다.

내 건축 인생의 모토가 될 건축과가 그런 놈들에 의해서 더럽혀지게 내버려 둘 수는 없지 않은가?

총장이 차를 권하며 말했다.

"음, 학회장의 비리 건에 대해서는 총학생회에 통보를 했다네. 확실한 증거가 있으니, 그 친구들도 뭐라고 하지는 못할 걸세."

"그렇다면 다행이구요. 그럼 전."

그 정도까지 진행이 되었다면 학생회장이 자리에서 쫓겨나는 것은 기정사실일 것이다.

일어서는 나에게 총장이 말했다.

"그것 말고도 말할 게 있을 텐데?"

아마도 학회장이 폭행 건으로 고소하는 것을 말하는 것이리라.

"어떻게 아신 겁니까?"

"나처럼 나이를 먹다 보면 사방 천지에 눈과 귀가 깔린다네."

"그건 제가 알아서 처리하겠습니다."

만약 총무와 회계가 딴마음을 먹지 않는다면, 증인은 충분한 것이고, 만약 뒷배경으로 추잡한 짓을 한다면, 나도 그에 상응하는 대응을 할 것이다.

'안 되면 압둘이라도 불러 볼까?'

친구끼리 돕고 사는 거지, 뭐 있겠어?

하지만 총장의 생각은 좀 다른 것 같았다.

"자네의 의지는 알겠지만 번거롭지 않겠는가?"

"그렇겠죠. 하지만 제가 벌인 일인 걸요."

'병원에 찾아가서 입을 뭉개놓을 것을' 하는 후회가 잠시 들었다.

"성훈 군. 흥분하지 말고, 차나 한 잔 마시게."

무슨 말을 하려고 하는 것인가?

슬며시 웃는 그를 응시하며 차를 마셨다.

"싸움에는 체급이라는 것이 있는 법일세. 하룻강아지가 덤빈다고, 호랑이가 발톱을 세우면 얼마나 체면이 상하는지 아는가?"

"상대가 덤빈다면 저도 그에 맞는 대응을 해야 하는 법이지요."

"자네가 거기에 간 것과 한 일은 이미 알고 있다네. 그래서 하는 말일세. 괜히 번거로운 일을 만들지 말게나."

총장이 느긋한 모습으로 차를 들이켰다.

'다른 방법이라도 있는 것인가?'

"성훈 군. 실은 어제 이화여대 총장에게 전화를 받았다네. 그리고는 자네 칭찬을 하는 것이 아니겠는가? 그 친구가 워낙 꼬장꼬장해서 남 칭찬을 잘 안 하거든. 흐흐."

어제의 일이 생각나는 것인지, 얼굴에 흐뭇한 미소가 어려 있었다.

"그리고 현주라는 아이의 아비도 내가 아는 사람이더군.

내가 알아서 처리해 줄 터이니, 괜히 번거로운 일은 하지 말게나."

저 너그러운 웃음에 속았다가 얼마나 고생을 했던가?

예전에 '구조대전'에 참가를 하게 된 이유도 총장과의 약속 때문이었다.

'물론 사우디에서 열리는 국제 심포지엄에 혹하기는 했지만…….'

총장은 절대로 손해 보는 짓을 하지 않는 양반이었다. 적어도 내 생각에는.

그을 보며 웃으며 말했다.

"원하시는 것이 있으시겠죠."

내 말에 총장은 찻잔을 내려놓으며 너털웃음을 터뜨렸다.

"어허, 젊은 친구가……."

그의 대답에 잠시 어리둥절했다.

"그럼 정말 원하시는 것이 없……."

"성훈 군, 자네랑은 말이 잘 통해서 좋아. 허허허."

'그럼 그렇지. 절대 손해를 안 본다니까.'

사실 지금 새 학기가 시작되는 상황에서 학회장 녀석과 싸우는 것은 얼마나 귀찮은 일이 될지 몰랐다.

'몇 번이나 경찰서에 불려가야겠지.'

확실한 증거가 있어도 그건 마찬가지였다. 그 확실한 증거라는 것은 경찰이 보기에는 나의 입장에서나 확실한 것일 테니 말이다.

고소를 당한다는 것 자체부터가 귀찮은 일이다.

그럴 바에는 총장의 말을 따르는 게 백번 나았다.

'구조대전 준비하느라 좀 힘들기는 했지만, 얻는 것은 많 았었지.'

대외적으로는 '대상'이라는 타이틀을 거머쥐었다.

이력서에 한 줄 써 넣을 수 있는 것이 생겼다. 개인적으로 명예이기도 하고 말이다.

그 이후, 현재에서 그 설계도면을 사 갔으며, 사우디에서 왕자들과 인맥을 만들 수 있었다.

'솔직히 이득을 많이 봤군.'

하지만 결코 쉬운 것은 아닐 거라는 예상이 들었다.

총장의 말이 이어졌다.

"난 자네가 구조대전에서 대상을 탄 것을 보고, '아직 내 사람 보는 눈이 죽지 않았구나' 하는 확신이 들었다네. 이번 일도 자네에게는 아무것도 아닐 걸세."

'총장님, 말씀을 끄시는 것만 봐도 절대로 쉽지 않아 보입 니다. 결론을 말씀하시지요.'

그런 내 눈치를 알아차렸는지, 헛기침을 연신 해댔다.

"별일 아닐세. 금년 말에 열리는 '한국문화박람회'에 출품 하면 되는 거야. 허허허."

"한국문화박람회요? 처음 들어봤습니다만."

총장이 고개를 끄덕였다.

"그럴 걸세. 외교통상부에서 그 안건이 나왔다고 하더군. 하지만 거의 확정적이라고 봐도 된다네."

"하지만 총장님. 박람회라고 하면 주로 음식이나 의복들이 많이 출품될 것 아닙니까?"

이 시절, 한국에 내세울 만한 자랑거리라면 한복이나 비빔밥 정도였을 것이다.

"반드시 그런 것만은 아닐세."

이어진 총장의 말을 대략적으로 정리하자면, 외교관과 그 가족들을 중심으로 열리지만 주된 목적은 외국인들에게 한국의 문화를 알리는 것이었다.

"그리고 출품 대상의 제한이 없다네."

"그런데 그걸 제게 제안하시는 이유가 뭡니까? 귀찮은 일을 감수하시면서 말이죠."

그가 손을 휘휘 내저었다.

"그렇게 심각하게 생각할 필요는 없어. 학회장의 일이야, 자네에게는 번거롭겠지만 내게는 그렇지 않다네. 아무 일도 아닐 수도 있지."

그가 차를 마시면서 말을 이었다.

"게다가 자네는 이미 몇 번이나 출품을 하지 않았던가?"

총장의 말에 고개를 갸웃거릴 수밖에 없었다.

"네? 저는 기껏해야 구조대전 한 번뿐입니다만⋯⋯."

총장이 나를 보며 의미를 알 수 없는 미소를 지었다.

'이건 어떤 의미지?'

총장이 말했다.

"크흠. 말할 때까지 기다리려고 했건만."

'뭔가를 알고 있는 것인가?'

사실 내 이름이 아니라서 그렇지, 출품을 한 적은 몇 번이나 있지 않았던가?

총장이 찻잔을 내려놓으며 말을 이었다.

"아까 말하지 않았던가? 이 나이가 되면 사방으로 눈이 깔린다고 말일세."

하긴 어제 있었던 일에 대해서도 이미 총장은 알고 있었다.

'그건 이화여대 총장이 지인이라서 그런 것이고.'

총장이라는 직책에 있는 사람이 일개 학생인 나에 대해서 관심을 가진다는 것도 우스운 생각이 아니던가? 그렇게 한가한 자리가 아닐 것이다.

하지만 이어진 총장의 말은 다소 충격적이었다.

"자네가 별로 밝히고 싶어 하지 않는 것 같아 말하지는 않았네만, 내 나이쯤 되면 알고 싶지 않아도 알게 되는 것들이 있다네. 이를테면……."

'어디까지 알고 있는 것일까?'

그의 눈을 보며 살짝 미소를 지었다.

"자네 작년 여름에 한 교수랑 베를린에 갔었지?"

"네."

"내 시인 하나도 거길 참가했었는데, 참고로 그는 외국인이고, 은상을 탔었다네."

총장이 지인과의 통화를 회상하며 말을 이었다.

"그가 말하기를 마이어 옆에 한 교수를 봤다고 하더군. 참, 한 교수도 그 친구는 모를 거야."

"그래서요?"

"그리고 젊은 동양인이 같이 있었다고 하더군. 박람회에서 손님들에게 설명을 하는데, 자네가 가장 눈에 띄더라는 거야. 글쎄. 난 그때 그 친구가 말하는 사람이 자네란 걸 대번에 알았지."

그럴 것이다.

그때 당시 동양인이라고는 우리 일행과 소세키 일행밖에 없었으니까.

"일본인도 세 명이나 있었습니다만."

그 말을 할 줄 알았다는 듯이 총장이 말했다.

"크크크. 그 말이 더 웃겼지. 그 일본인들이 자네를 병아리 새끼가 어미 새 쫓듯이 따라가더라고 하던데? 실제로 그러기가 어렵지 않던가? 일본인들이 어떤 사람들인데, 감히 한국인에게 고개를 숙일 사람들인가?"

총장은 지인이 봤다는 사람을 나로 확신하고 있었다. 총장의 말이 이어졌다.

"그 친구가 자네에게 국적도 물어보고, 이름도 물어봤다 던데? 하지만 정작 마이어가 대상을 수상할 때는 보이지 않아서 무슨 일인가 했다더군."

'그때야 피곤해 죽을 것 같아서 숙소로 들어갔었지.'

"하지만 그건 한 교수님의 부탁으로 잠시……."

"그렇다고 해서 마이어의 대상 수상과 완전히 무관하다고 말할 수 있나? 정 궁금하면 그때의 일본인들과 대화를 해보면 되겠군. 소시지인가, 소새끼인가 하는, 3D 방면으로는 유명인이라고 하던데."

'꽤나 정확하게 알고 있는걸.'

여기까지 알고 있으면 발뺌을 할 수도 없다.

'어떻게 거기까지 인맥이 뻗어 있는 거지?' 하는 의문이 들뿐이다.

내 당황을 읽기라도 한 듯 총장이 말을 이었다.

"그리고 그리스의 시청을 신축하는 것과도 일부 관련이 있는 것으로 알고 있는데, 아닌가?"

여기서는 잠시 숨이 멈출 뻔했다.

'대체 이 노인, 정체가 뭐야? 전직 CIA?'

말도 안 되는 소리인 거 안다. 그런 의심이 들 정도였다. 난 지난 삶에서 돌아온 뒤에 가급적 행동에 조심을 하면서 살았다. 그럼에도 총장은 나에 대해서 많은 것을 알고 있었다.

"그건 혹시 한 교수님께 말씀을 들으신 겁니까?"

"에잉, 난 한 교수랑 별로 안 친해. 이 나이가 되면 남는 건 사람뿐이라네."

생각보다 발이 넓은 노인이었다.

정작 조심했어야 하는 사람은 총장이었던가?

의자에 앉아서 천리를 본다는 것은 이런 사람을 말하는 것이리라.

'지금 보면 의아한 게 한두 개가 아닌데?'

생각해 보라.

나 같은 새파란 학생을 총장이 불렀다. 거기에 더해서 거래까지 하자고 했었다.

'그것도 에펠탑을 핑계로 말이야.'

그게 학교 내부에서는 이슈가 되었겠지만, 과연 총장이 관심을 기울일 만한 것이었냐? 라고 하면 고개가 저어진다.

나는 나 자신을 온전히 잘 감추고 있다고 생각했었다. 그건 착각이었다.

'내가 너무 자만했던 거지.'

총장은 이미 나의 행적을 알고 있었다.

단지 내 능력을 끌어낼 구실이 필요했을 뿐이다.

그래서 에펠탑을 핑계로 구조대전에 참가하기를 요청했고, 그 미끼로 심포지엄 티켓을 걸었다.

"언제부터 알고 계셨습니까?"

총장은 '당연하지'라는 얼굴로 말했다.

"언제긴 언제야. 바로 그날 알았지."

침묵하는 나를 보며 그가 말을 이었다.

"실은 기자회견까지 다 준비하고 있었어. 얼마나 자랑스러운 일인가? 우리학교 학생이, 대학원생도 아니고 2학년이! 해외에서, 그것도 건축의 메카라고 할 수 있는 유럽에서 그런 대단한 일을 했어. 난 당연히 자네가 스포트라이트를 받을 줄 알았지. 그런데! 한 교수의 이름도, 자네의 이름도 없더란 말이지. 한 교수가 3D 그래픽에 대해서 알지는 못하잖나. 이상하지 않은가?"

일장 연설을 하던 총장이 목이 말랐던 모양이다.

"후루룩. 그런 차에 이런 생각이 들었지. 자네가 뭔가 다른 생각이 있구나. 그렇다면 좀 더 넓은 세상이 있다는 것을 보여주는 것은 어떨까?"

거기까지 듣고 말을 끊었다.

얼굴을 붉히며 열변을 토하는데, 밤을 새워도 끝나지 않을 것 같았다.

'더 들으면 내 인생 설계까지 나오겠군.'

총장에게 물었다.

"그런데 왜 외부로 알리지 않으신 겁니까?"

"하하. 어차피 시간이 지나면 밝혀질 일이고, 하나씩 하나씩 터질 때 마다 이슈가 될 텐데, 뭐 하러 그리 급히 터뜨릴 텐가?"

"정말 그것뿐입니까?"

"자네가 이름을 날리고 싶었다면 벌써 그렇게 했겠지. 하지만 뭔가 생각이 있어서 알리지 않은 것이라 생각하는데, 그렇지 않은가? 성훈 군."

"네, 아직은 때가 아니라고 생각했습니다."

"내 생각도 그렇다네. 샴페인을 성급히 터뜨리는 것은 일을 망치는 지름길이지. 얻는 것보다 잃는 것이 많을 것이고, 주변에 원치 않게 시기하는 사람도 생겨나겠지."

고개를 끄덕였다.

"이름을 알리는 것보다 그 시기가 더 중요한 거라네. 그 이름을 지킬 능력과 실력을 갖추고 말일세."

총장은 뜻밖의 혜안을 가지고 있었다.

'연륜에서 나오는 힘인 것인가?'

그동안 나는 얼마나 '우물 안 개구리'였던가?

새로운 삶을 살면서 최선을 다하여 살았다고 생각했고, 타인을 존중한다고 생각했지만, 그 이면에는 다른 사람을 비웃는 마음이 없잖아 있었다.

'내가 아는 걸 너는 모르지?' 하는 교만!

단지 코앞의 미래를 안다는 것 때문에 말이다.

하지만 눈앞의 노인은 미래를 알지 못하면서도, 또 나에 대해 조사를 한 것도 아님에도 불구하고, 감추려 했던 내 행적을 훤히 꿰뚫고 있었다.

48장
학생회장(2)

내 앞의 차를 들었다.

"총장님. 그렇게 안 봤는데, 무서운 분이시군요."

"무섭기는 이 사람아. 낼 모레면 관에 들어갈 사람한테 말이야. 허허허."

전혀 죽음과는 거리가 멀어 보이는 정열적인 웃음을 보이며 그도 차를 마셨다.

"알겠습니다. 그럼 박람회에 참가하겠습니다."

"결정이 빨라서 좋군. 그럼 나는 좋은 결과를 기다리겠네?"

너털웃음을 짓는 총장에게 물었다.

"그걸 저 혼자서 그걸 하라는 말씀이십니까?"

"그럼? 어떻게 하라고?"

"제가 일을 진행하는 데 도움을 주셔야 할 것 아닙니까?"

'제가 차려 놓은 밥상에 숟가락만 올리시는 건 너무하시잖습니까?'

총장의 미간이 살짝 찌푸려졌다.

"이보게. 학생회장의 고소 건을 처리해 준다고 하지 않았는가? 그걸로 부족한가?"

당연히 부족하다.

규모가 큰 박람회일수록 개인 출품은 거의 없다. 경쟁이 되지 않기 때문이다. 품질에서 속도에서.

그러기 위해서는 단체의 역량을 총동원해야 한다. 그걸 혼자서 하라고?

"총장님께서 직접 나서주신다면 일이 더 쉬워질 겁니다."

총장이 양손을 내저었다.

"아니 될 말일세. 나는 개입하지 않겠네. 윗선에서 배 놔라 감 놔라 하는 것은 보기에도 좋지 않고, 노인네의 간섭으로밖에 안 보일 테니."

그의 사정을 이해했다.

'정말 숟가락만 올릴 속셈이었군.'

"하고 싶기는 한데, 대놓고 하라고 지시할 수는 없다. 이 말이군요."

"그렇지. 그런 말이지."

"총장님께서도 감당하기 어려운 일을 저더러 하라는 말씀이시군요."

"어허, 이 사람. 그럴 역량이 되니까, 내가 그만큼 자네를 믿으니까 하는 말이지."

당황한 총장에게 말했다.

"우리 과 학생들을 동원한다면 당연히 반대가 있겠지요?"

"흠, 약간의 반대는 있을 수도 있겠지."

'약간 좋아하시네. 학생들 몇 명을 동원하는데도 얼마나 많은 절차가 필요한데, 학생회의 승인부터 시작해서⋯⋯. 학생회?'

"총장님. 절 학생회장으로 밀어주십시오. 이미 학생회장은 돌아올 수 없잖습니까?"

총학생회와 이미 협의를 끝내놓은 상황이라면, 그는 돌아와도 설 자리를 잃을 것이며, 그를 위해 투쟁해 줄 동료도 없을 것이다.

"그건 곤란한데⋯⋯. 학생회장이 없으면 학생회에서 알아서 하는 게 우리 학교에서는 관례라네. 그리고 총학생회와도 트러블이⋯⋯."

총장과 눈을 똑바로 맞췄다.

"생각해 보십시오. 일개 학생의 힘으로 뭘 할 수 있겠습니까? 어떤 일을 하기 위해서는 절차가 필요하고, 그걸 넘어가는 데는 난관이 많을 겁니다."

"건축과의 역량을 끌어내려면 약간의 난관은 각오해야

겠지."

총장이 고개를 끄덕였다.

"그래서! 일을 편하게 하려면 감투 하나 정도는 있어야죠."

그건 맞는 말이다.

"하지만 총학생회가."

"그게 선행이 안 되면 박람회는 생각도 하지 말아야 합니다. 일일이 학생회의 비위를 맞추면서 일을 진행하기는 어려운 일이죠."

고민하는 총장에게 쐐기를 박았다.

"그냥 학생회장이 되어버리면 되는 걸 복잡하게 갈 필요가 없습니다."

박람회 참가는 군침이 도는 것이었다.

구조대전에 이어서 또 하나의 성과물을 만들 수 있는 기회였다.

아무리 구조 공부를 하면 뭐 하나? 그 성취를 눈에 보이지 못하면 오랜 시간을 들여서 타인에게 증명해야 한다.

'하지만 구조대전 대상의 타이틀이 있으면, 굳이 실력을 증명할 필요가 없지!'

이미 건축협회에서 인증을 받았는데, 무슨 증명이 필요한가?

'이 박람회도 한국 전통에 대한 실력의 증거물이 되겠지. 그리고 그 대상이 외국인이라면?'

이 말은 그들에게 어필할 수 있는 디자인이라면 세계에도 내놓을 수 있다는 말이었다.

'이것만 한 리허설이 어디 있겠어?'

문제는 일을 시작하기 전에 집안 단속을 잘해야 한다는 것이다. 다시 학생회라는 걸리적거리는 것들과 드잡이를 하고 싶지 않았다.

'몽땅 다 패서 입원시켜 버릴까? 학생회 임원이 아무도 없으면 다시 뽑을 수밖에 없지 않을까?'

잠시 그 생각이 들었지만 내가 양아치도 아니고, 너무 자존심이 상했다.

교수들은 한 교수가 설득하고, 학생들은 내가 설득한다면, 한마음 한 뜻으로 우리 과의 역량을 최대한 발휘할 수 있을 것이다.

입상을 한다면 학교의 영광이기도 하지만, 학생 전체의 실력이 업그레이드된다. 그 자긍심은 두말할 필요도 없다.

체념하듯 총장이 말했다.

"알겠네. 총학생회는 내가 설득해 보겠네."

"그리고 또 해주실 일이 있습니다."

총장이 말을 꺼낸 것을 후회하는 듯한 표정이었다. 하나 일수불퇴!

"또 뭔가?"

"다른 학과의 자원이 필요합니다."

"엥? 그건 또 왜?"

"건축이 뭡니까? 종합예술입니다. 건축에 전기가 필요 없습니까? 미술은요? 세상의 모든 것을 포함하는 것이 건축입니다. 단지 건축과의 역량만 가지고 완성하라는 말씀이십니까? 학교 망신을 주실 생각이십니까?"

다시금 총장의 미간이 찌푸려졌다.

'뭐 어때? 틀린 말도 아닌데, 종합예술 맞잖아?'

억지 다분한 말임에도 총장은 반박을 하지 못했다. 잠시 말문이 막힌 사이에 다시금 그를 재촉했다.

이미 얼굴에 철판을 깔은 마당이다.

'뽑아낼 수 있는 건 다 뽑아내야지.'

"프로젝트를 진행할 때, 여론 몰이를 해주십시오. 다른 학과들의 학과장들을 모아서 말입니다."

"에잉, 이 사람아. 그건 진짜 무리라네."

총장을 빤히 보며 웃었다.

"총장님 설득력이야, 제가 잘 알잖습니까?"

'당신은 이빨이 아주 센 분이시죠.'

"그게 무슨 말인가?"

이 사람 때문에 구조대전을 참가했고, 사우디아라비아 국제 박람회를 참가했었다.

맨 처음의 시작은 총장이 던진 미끼 때문이었다.

"구조대전에 제가 낚일 정도였는데요. 설마 공대 교수님들 정도야. 전 총장님을 믿습니다."

총장은 잠시 고민에 잠겼다.

"총장님, 이 일에 승산이 얼마나 있다고 보십니까?"

승산을 묻는 나에게 그는 관록 있는 웃음을 내보였다.

"자네가 앞장서준다면 충분하다고 보네."

지금까지 내가 이루어놓은 결과를 총장은 알고 있으니, 충분히 승산을 점치는 모양이었다.

"그럼 저를 믿고 밀어주십시오."

'흥. 나 혼자 고생할 수는 없지. 총장님. 당신이 최대한 고생하도록, 모든 과의 역량을 끌어들이도록 하겠습니다. 기필코!'

"끄응. 알겠네. 내 그렇게 만들도록 하지."

"이 일로 총장님께서 얻는 게 뭔지 여쭤 봐도 될까요?"

그가 흐뭇하게 웃었다.

"보람이지. 후학들을 잘 키웠다는 보람. 교육자에게 그 이상 뭐가 더 필요한가?"

"그런 것 말고 말입니다. 예를 들자면……."

총장은 능숙하게 내 말을 잘라 먹었다.

"필요 없다네. 나 같은 늙은이에게는 돈이나 명예는 아무런 의미가 없다네. 언제 갈지 모르는데, 그런 것을 탐내겠는가? 오히려 나의 작은 도움으로 크게 날개를 펴는 후학들을 보는 것이 훨씬 더 기분이 좋다네. 취미생활이라고 생각해 두게."

총장을 보며 존경의 미소를 보냈다.

'와! 입바른 말은 진짜 잘한다.'

그가 내 생각을 알았는지는 알 수 없지만, 하여간 나는 그렇게 건축과 학생회장 출마를 결정했다.

"성훈 군. 건투를 비네."

"네, 그럼 다음에 또 뵙겠습니다."

일어나는 나에게 총장이 물었다.

"참 성훈 군. 그것 아나?"

"뭘 말입니까?"

"자네가 알리 왕자에게 해준 디자인 말일세."

'크윽! 거기까지 알고 있다니.'

"그게 왜요?"

"그게 사우디 가문의 새로운 문장으로 채택이 될 거라고 하더군. 꽤나 국왕의 마음에 들었나 봐."

"어떻게 저도 모르는 일을 알고 계시는 겁니까?"

"제자 한 녀석이 외교부에 있다네. 모르긴 몰라도 채택이 된다면, 그 파장이 장난이 아닐 걸세. 물론 자네에게는 알리 왕자가 직접 연락을 하겠지만. 허허. 그리고 학생회장의 일은 내일까지 해결해 두겠네. 걱정하지 말게."

'발만 넓은 게 아니라, 행동력도 엄청 좋은 양반이네. 적으

로 두면 목숨이 백 개라도 모자랄 정도로.'

그리고 그의 정보력 하나만큼은 탐이 났다.

'이 일을 하면서 총장에 대해서 알아봐야겠어.'

총장실을 나오면서 이런 생각이 들었다.

나, 김성훈은 세계를 활개 치며, 스스로 잘나간다고 생각하고 있었다.

미래의 일부를 알고 있고, 그것이 나만의 능력이라고 생각했었다.

일개 학교 총장 따위는 내게 비할 바가 아니라고 마음 한 구석에서는 은근히 무시한 적도 있었을 것이다. 분명히.

'나는 그런 놈이니까.'

하지만 알고 보니 모두 부처님 손바닥 안이었던 것이다.

총장은 나처럼 미래를 알지 못할 지도 모른다.

하지만 그것에 못지않은 정보력과 행동력이 있었다.

반면, 내가 아는 미래는 어느 부분에서 변경이 있었을 것이다.

나비 효과!

내가 그렇게 활개를 치고 다녔는데, 변하지 않을 리가 없다.

내 안의 김성훈이 물었다.

'지난 삶에서 한국의 누가 아라비아 황실의 문장을 만들었다는 이야기는 들어본 적 있어?'

대답은 필요 없었다. 이미 알고 있으니까.

'그렇다면 이미 네가 아는 미래는 변한 거야, 그것도 너 때문에.'

현주를 구한 것도, 죽었어야 할 사람들이 죽지 않은 것 또한 그 범주에 포함되어 있을 것이다.

그렇다면 내가 아는 미래가 정확할 것인가?

아니면 거대한 인맥을 바탕으로 한 총장이 어렴풋이 예측하는 미래가 정확할 것인가?

정답은 알 수 없다.그러나 지금 나라면 총장에게 패배를 인정할 수밖에 없을 것 같다.

김성훈이 물었다.

'네가 할 수 있는 게 뭐냐? 미래를 정확히 예측할 수 없는 네가? 그것밖에 가진 것이 없는 네가?'

이빨을 꽉 물고 결론을 내렸다.

"뭐긴 뭐야? 죽도록 달리는 거지. 언제는 안 그랬어? 이미 다른 사람들도 하고 있는 것을."

김성훈이 측은한 듯 말했다.

'열심히 달려봐! 바뀌지 않고 남은 미래가 있으면 말해줄 테니.'

그 시각, 학생회장은 병원 일인실 침대에 편안하게 누워서 바나나를 까먹으며 혼잣말을 하고 있었다.

"감히 개똥같은 놈이 선배라고 갈군단 말이지. 그런 새끼는 졸라 밟아야지. 못 덤비는 법이지."

침대 옆 탁자에는 진단서가 끊어져 있었다.

'전치 10주.'

김성훈, 그놈만 잡아서 콩밥 며칠 먹이고 합의 보면 되는 거였다.

"그 새끼 애비 애미, 다 와가지고 무릎 꿇을 때까지는 전혀 합의해 줄 생각이 없거든. 흐흐흐."

성훈의 팔목에 있던 시계가 눈에 어른거렸다.

"그거 주면 합의해 준다고 할까?"

생각만 해도 회장은 가슴이 두근거렸다.

"주먹 좀 세다고 지랄하기는. 병신새끼야."

있지도 않은 성훈을 향해 삿대질을 해댔다.

"넌 새끼야. 성인이 주먹질 잘못하면, 영창이야! 개새끼야. 아니, 교도소이던가? 아. 씨. 몰라!"

웅. 웅-

휴대폰이 울리는 소리였다.

"예, 외삼촌. 어떻게 됐어요?"

언제나 자신을 귀여워했던 외삼촌이니, 학회장의 목소리는 밝을 수밖에 없었다.

-어떻게 되긴 뭐가 어떻게 돼? 너, 이 새끼! 무슨 짓을 하

고 다닌 거야?

전화기가 폭발할 정도로 외삼촌은 화가 나 있었다.

놀라서 침대에 벌떡 일어나 앉았다.

"왜요? 무슨 일인데 그러세요?"

─너하고 싸웠다는 게 세무청장 친척이냐?

가슴이 철렁 내려앉았다.

'설마?'

확신은 없었지만 그런 사람이 학교에 있었으면 자신이 모를 리가 없었다.

"아니에요. 절대로."

─그럼 건설부장관하고도 아무 연관 없어?

"에이, 삼촌도 그런 사람하고 아는 놈이 이런 촌동네 학교를 올 리가 없잖아요. 유학을 갔겠죠."

─이 새끼가! 뚫린 입이라고 지껄이기는!

학회장으로서는 도무지 영문을 알 수 없는 일이었다. 자신은 피해자였다.

"외삼촌! 저 맞았다고요. 때린 게 아니라!"

복장이 터져 버릴 것 같았다.

수화기를 들고 악을 썼다.

"그냥 일방적으로 쥐어 터졌다고요! 그 새끼 몸에 손도 못대고 일방적으로요!"

─몰라. 이 새끼야! 조카라고 하나 있는 게 도움이 안 돼

요. 도움이.

"그럼 이렇게 맞고 끝내라고요?"

ㅡ너 여기서 안 끝내면! 나는 물론이고, 매형한테도 세무 조사 들어갈 기세다. 그렇게 털리면, 너희 아버지 건설 회사는 잘될 것 같아? 좋은 말 할 때, 고소장 취하해라. 알았어? 콩밥 먹고 싶지 않으면!

거의 협박에 가까운 말을 쏟아 놓고는 외삼촌은 전화를 끊었다.

"아, 씨발. 이게 뭐야!"

먹던 바나나를 땅바닥에 패대기쳤다.

"국회의원이라며, 뭐든지 부탁하라며!"

닭똥 같은 눈물이 이불을 적셨다.

"씨발! 이 꼴을 하고 학교를 어떻게 가라고. 엉엉."

이빨이 뿌드득 갈렸다.

"씨발! 학교 가면 그 새끼가 나 갈아 마시려고 덤빌 텐데."

성훈의 말이 머리에 떠올랐다.

'봐주는 건 한 번이다. 두 번은 없다.'

교수실에서 학생회장 선거 때 붙일 대자보를 만들고 있었다.

드르륵.

경호가 문을 열고 들어왔다.

"선배님, 뭐하십니까?"

"보면 모르냐. 학생회장 선거 준비한다. 너도 좀 돕지?"

"에이, 선배님. 정치적 중립을 지켜야죠."

'염병! 하기 싫다는 말을 그런 식으로 하냐?'

얄밉기가 그지없었다.

경호가 변명하듯 말했다.

"중간고사가 다음 달이라고요. 학생의 본분은 공부입니다. 열심히 해서 장학금 타야죠."

"그래, 좋은 생각이다."

학생이 공부를 하겠다는데, 더 무슨 말을 하랴!

"대신 애들에게는 선배님 찍으라고 말해두겠습니다."

"그래, 고맙구나. 녀석. 그런데 어쩐 일이냐? 도우려고 온 것도 아닌 것 같고."

내 물음에 경호가 머뭇거렸다.

"뭔데? 할 말 있으면 해."

"선배님, 혹시 현주 누님한테서 전화 없었습니까?"

"현주 씨가 나한테? 왜?"

"아닙니다. 그냥요."

"쓰잘데기 없는 소리 할 소리 있으면 이거나……."

"아닙니다. 수업이 있어서."

경호가 쏜살처럼 문을 닫고 사라졌다.

"실없는 녀석. 쯧."

위이잉.

휴대폰의 진동 소리가 들렸다.

수화기를 여니 현주의 목소리가 들렸다.

—성훈 씨, 다리는 괜찮아요?

"네, 문제없습니다. 현주 씨도 괜찮으시죠?"

그녀에게 용건을 물었다.

—네, 경호가 미팅을 주선해 달라고 하더라고요.

"네? 웬 미팅요?"

—우리 과 애들이랑 미팅을 하고 싶다고 해서요.

그녀의 차분한 웃음소리가 들렸다.

'아까 경호 녀석이 물었던 게 이거였군.'

하지만 내가 미팅을 할 리도 없고, 녀석들은 경호 말마따
나 공부를 해야 할 시점이다.

수화기를 든 채 투덜거렸다.

"한창 공부해야 될 녀석들이 서울로 원정미팅이나 갈 생각
을 하다니. 이것들을 그냥!"

—하는 짓이 귀엽잖아요. 혼내지 마세요.

'당신이 몰라서 그래요. 그놈들 여자를 보기만 해도 좋아
서 발광을 하는 녀석들인데.'

왜 이런 생각을 하냐고?

내가 딱 그랬거든!

울산에는 대학이 하나밖에 없다.

전문대가 있기는 하지만 하나나 마찬가지다.

그리고 아무래도 지방이다 보니 여성들의 외모가-화장 기술과 패션을 포함한-서울의 여자들에 비해서 세련됨이 덜했다.

그런 녀석들이 여대 중에서도 탑으로 꼽히는 이화여대생을 만난다고 해보라.

안 봐도 어떻게 될지 뻔하니 말이다.

웃으며 말했다.

"하하, 공부나 하라고 혼쭐을 내주지 그랬어요."

-아뇨. 저도 그냥······.

"그냥 뭐요?"

-귀여운 부탁이라서 들어주고 싶었어요.

"그럼 하시면 되죠. 뭘 고민하세요. 하고 싶은 게 있으면 하고 살아 야죠. 한 번뿐인 인생인데."

-어쨌거나 성훈 씨한테 물어보겠다고 했어요.

"저한테요? 왜?"

-당신이 주선자로 나왔으면 해서요.

"그건 또 왜요?"

-경호가 얼마나 자랑을 했다고요. 당신이 얼마나 유명한 사람인지를. 그 정도는 돼야 저도······.

현주가 망설인 부분이 무엇인지, 대략 감이 왔다.

미팅을 구실로 얼굴을 한 번 보고 싶은 것이리라. 물어보진 않았지만 여대 측의 주선자로는 현주가 나오겠지.

하지만 그러기에는 내가 너무 바빴다.

학생회장 선거와 중간고사가 코앞이었고, 한 교수의 논문도 거의 막바지였다.

내 안의 김성훈이 물었다.

'현주 정도면 괜찮지 않아? 꽤나 미인이고, 성격도 집안도 모두 괜찮은 것 같은데, 뭘 그리 비싸게 굴어!'

김성훈의 투덜거림을 단칼에 잘랐다.

'바빠. 내가 지금 미팅이나 하려고 서울까지 올라간단 말이야? 미쳤어?'

지금은 연애를 할 타이밍이 아니었다.

"아쉽네요. 정말 기분 좋은 제안이기는 한데, 지금 당장은 어렵겠네요."

─왜요?

그녀에게 내가 바쁠 수밖에 없는 이유를 읊었다.

현주의 아쉬운 한숨 소리가 들렸다.

'너무 대놓고 거절하는 것처럼 보였을까?'

그녀가 싫은 것은 아니지만 사실은 사실이었다.

─후. 그렇게 바쁘다면 어쩔 수가 없네요. 하지만 아쉬워요. 경호도 많이 좋아했을 텐데.

서로에게 안부 인사를 하며 전화를 끊었다.

'녀석. 날 떠보러 왔었군.'

저녁에 경호가 나를 찾았다.

"선배님, 현주 누님께 미팅을 거절하셨다고 들었습니다."

"응. 바쁘다. 학생회장 선거 준비하랴, 공부하랴. 내가 한가하게 미팅할 시간이 어디 있냐?"

"선배님은 주선만 하시면."

"주선만 해도 서울은 가야겠지? 아니면 네가 그 애들 여기까지 불러올래?"

"그건 좀. 만나 주기만 해도 감지덕지인데…….."

"그러니까 나는 시간이 없다고. 내가 후배들을 위해서 내 시간을 버리랴?"

그 말을 하는 중에는 나는 선거용 현수막을 만들고 있었다.

그걸 보던 경호가 물었다.

"선배님, 그런데 갑자기 학생회장은 왜 되려고 하시는 겁니까?"

"너, 2학년 과대지?"

'차후 녀석의 협조도 필요할지 모르겠군.'

성훈은 박람회 건을 이야기했다.

총장의 제의라는 것만 빼고 말이다.

'뭐, 어때. 나중에 박람회 포스터가 붙으면 모두 알게 될 텐데.'

녀석이 물었다.

"그럼 일단 선거가 최우선 과제네요."

"녀석, 심각하기는. 네가 뭘 걱정 하냐? 내 일인데."

경호가 물었다.

"선배님, 만약에 회장이 되지 못하면 박람회는 어떻게 되는 겁니까?"

"뭐 좀 귀찮기는 하겠지만, 다른 방식으로 사람들을 모아 봐야지."

경호가 생각에 잠겼다.

"선배님은 거기에 무조건 참가하실 생각이시죠."

"당연하지. 무슨 수를 쓰더라도 참가한다."

이건 나 개인적으로도 그렇고 학교를 위해서도 더없이 좋은 기회라고.

구조대전 대상이 개인의 영광이었다면 총장이 말한 박람회는 학교 전체의 위상을 올리는 것이었다.

학교의 위상이 올라가면 그 자체로 백그라운드가 된다. 전통이 그래서 무서운 것 아니겠나?

무슨 생각인지 경호가 두 팔을 걷어 붙였다.

"제가 돕겠습니다. 선배님."

"됐거든. 다 했어. 나가 봐."

"아니, 이거 말고 선거 말입니다."

"네가 왜?"

"돕도록 해주십시오. 부탁드립니다."

"왜? 미팅 때문에?"

정곡을 찔렸음인가? 녀석이 허둥거렸다.

"당연…… 히 아닙니다. 전 원래 선배님을 도우려고 했습니다."

"흐음, 학생의 본분은 공부라며."

"학생이라고 공부만 하겠습니까? 교우관계도 그만큼 중요하다고 생각합니다."

경호를 보며 턱을 긁적였다.

'속이 훤히 보이는걸.'

"일단 학생회장이 되시고 나면 그 뒤의 일은 훨씬 수월해질 것 아닙니까?"

그 말을 하는 녀석의 표정은 사뭇 진지했다.

"당연한 거지. 내 일에 딴죽을 거는 것들이 사라질 테니까."

"그럼 시간적 여유도 생기실 게 아닙니까?"

경호에게 넌지시 말했다.

"미팅은 안 한다고 현주한테 이미 말했다."

"헤헤, 선배님. 그건 제가 현주 누님하고 따로……."

너스레를 떠는 녀석이 귀여워 보였다.

'딱히 녀석들의 미팅을 말릴 이유는 없지.'

"왜 그렇게 미팅이 하고 싶은 거냐?"

"선배님, 그건 모든 남자의 로망이라고요."

"뭐가? 미팅이?"

"그 상대가 이화여대라고요. 한국무용과."

"그런데. 그게 뭐 어째서."

"이건 평생에 한 번 올까 말까한 기회란 말입니다."

경호가 말을 이었다.

"현주 누님이랑 말했을 때, 누님은 굉장히 긍정적이었다고요. 거의 다된 밥이었는데. 크흑!"

경호를 보면서 웃었다.

"크, 니들이 보기엔 내가 훼방 놓는 것처럼 보이겠다. 그치?"

내 말투가 살짝 꼬이는 것은 느꼈던지 경호가 꼬리를 말았다.

"그럴 리가 있습니까? 이런 기회도 선배님께서 누님을 구해주신 덕에 기회가 생겼는데요. 항상 감사하고 있습니다. 헤헤."

"경호야. 이번 선거 어렵지 않겠냐?"

나는 지난 삶에서 선거에 나가본 적이 없었다.

경호가 되물었다.

"왜요? 전 낙승이라고 봅니다만."

"왜 그렇게 확신하는 거냐? 작년에 학생회장이랑 붙었던 녀석도 나온다고 하던데, 박빙이라고 하지 않았어?"

경호가 코웃음을 쳤다.

"에이, 제가 작년에 투표 집계했습니다. 전체 투표율이 30%도 채 안 나왔습니다. 선배님."

"그러냐?"

작년의 나는 학생회장 선거 따위엔 관심도 없었다. 나온 후보들이 모두 운동권 학생이었고, 그들의 관심은 건축과의 발전이 아니었다.

반면, 경호는 선거의 유경험자였다.

'누가 되든, 그 나물에 그 밥인데 관심을 가질 이유가 없었지.'

경호가 말을 이었다.

"말이 박빙이지, 그냥 자기들 밥그릇 나눠 먹기였습니다."

녀석이 확신하며 말을 이었다.

"선배님 정도 커리어면 충분합니다."

"쩝."

경호가 나보다 더 열정적이었다.

'이거 굿이나 보고, 떡이나 먹어야 하나?'

"선배님, 저를 선거위원장으로 임명해 주십시오. 최선을 다하겠습니다."

"그래, 그런 감투라도 하나 있는 게 낫겠지."

뭐, 어떠랴. 돕겠다고 나서는데.

'후배의 순수한 열정을 몰라주면 안 되겠지.'

경호가 나가면서 각오의 한마디를 했다.

"선배님, 내일부터 바로 시작하겠습니다."

한 교수의 사무실 앞 복도가 바글거렸다.

"비켜!"

수업을 마치고 돌아온 한 교수의 입이 떡 벌어졌다. 복도를 채운 아이들을 헤치고 나서야 겨우 자신의 사무실에 도착할 수 있었다.

한 교수가 숨을 헐떡이며 물었다.

"이게 뭔 일이냐?"

"성훈 선배님을 학생회장으로 만들기 위한 선거위원회입니다."

"너는 누군데?"

"안녕하십니까? 한 교수님. 2학년 과대 이경호입니다."

"그런데?"

"학생회장 선거를 위해서 모인 겁니다."

"성훈이는 어디 갔냐?"

"수업 들어가셨습니다."

한 교수가 한숨을 내쉬었다.

'오늘 논문 쓰기는 다 틀렸네. 밖으로 나갈까.'

창밖을 바라보는데, 하늘이 쾌청했다.

한 교수는 생각을 고쳐먹었다.

"크흠! 경호야. 오늘 날씨 좋다. 그치?"

꽃피는 춘삼월 날씨가 얼마나 좋으랴?

경호가 힘차게 말했다.

"네, 정말 날씨가 좋습니다."

한 교수가 눈썹을 으쓱이며 웃었다.

"책상 하나 들고 나가서 하는 게 어때?"

"왜요?"

"성훈이 오면 시끄럽다고 지랄할 텐데. 너 감당할 자신 있어?"

"네? 그건……."

한 교수가 시계를 보며 말했다.

"이제 곧 오겠네."

몰려 있던 학생들이 밖으로 우르르 몰려나왔다.

100여 명의 학생이 잔디밭에 둘러앉았다.

경호가 물었다.

"왜 이리 숫자가 적어?"

"1, 2학년 A조 수업 중이라 그래. 빨리 하자."

"좋아. 그럼 후보들의 인지도에 대해 알아보자."

"성훈 선배님 모르는 사람이 누가 있겠어요?"

"흠, 그렇군."

경호가 고개를 끄덕이며 다시 물었다.

"상대 후보가 누군지 아는 사람?"

"몰라. 수업에나 나와야 알지. 선거 운동할 때나 인사하러 다니는 사람을 어떻게 알아?"

"흠, 그럼 인지도. 문제없고."

경호는 가져온 종이에 체크를 하면서 다시 물었다.

"그럼 성훈 선배를 믿을 만한 사람으로 홍보하려면 어떻게 하는 게 좋다고 생각하냐?"

"이미 믿을 만해! 너 같으면 거기서 사람 안고 뛰어내릴 수 있냐?"

다른 학우가 얼굴이 벌게지며 말했다.

"그거야 현주 누님 같은 미인이면 나도……."

"그래도 정도가 있는 거야! 죽을 수도 있었다고."

경호가 체크를 하면 흥분한 좌중을 진정시켰다.

"됐고. 어쨌거나 믿을 만한 건 사실이란 거지. 그럼 능력 면에서는 어때?"

"더 말할 거 있냐? 이번 신입생 중의 절반 이상은 에펠탑에 꽂혀서 왔어. 그리고 구조대전 대상이 있잖아. 더 볼 거 없고, 과대!"

"왜?"

"미팅은 어떻게 됐어? 성훈 선배님이 오케이 하셨어?"

"아이 씨. 잘 나가다가 왜 그래? 선배님 앞에서 그 이야기 꺼내지도 마. 일단 결과로 보여주자고. 우리도 믿을 만하다고 말이야."

참모가 말했다.

"이번 선거는 선배님이 낙승을 하실 겁니다."

"당연하지! 구조대상 그딴 게 뭐 그리 중요하냐? 공부벌레가 이런 판에 끼어든다는 것 자체가 말이 안 되지."

상대 후보가 물었다.

"저거 뭐냐?"

그가 가리킨 잔디밭에는 경호를 중심으로 100명이 넘는 학생이 모여서 이야기 중이었다.

참모가 돌아와서 말했다.

"선배님! 큰일 났습니다."

"왜?"

"저거 다. 성훈이란 선배 편인 모양인데요?"

후보의 미간이 찌푸려졌다.

"우리 과 정원이 몇 명이었지?"

"한 삼, 사백 명쯤 되겠죠?"

"사 학년들 빼면?"

"아마도 이삼백 명쯤 될 걸요."

"이거 어떡하냐? 어렵겠는데."

이미 투표 인원의 1/3이 상대방에게 몰려 있었다.

고민하고 있을 때, 참모가 말했다.

"선배님, 수업 끝나면 백 명 정도 더 올 거랍니다."

그 말에 후보가 머리를 쥐어뜯었다.

"이건 애초에 게임이 안 되잖아."

"쩝, 그러게 말입니다. 그동안 고민했던 공약이랑 전략이
아무 쓸모가 없게 됐습니다. 선배님, 이번에는 포기하시죠."

후보가 역정을 냈다.

"이번에는? 나 4학년이야. 임마!"

다음 기회? 당연히 없었다.

전 학생회장이 자퇴서를 낸다고 했을 때, 그는 쾌재를 불
렀다. '하늘이 나를 돕는구나' 하고 말이다.

이름도 모르던 선배가 나온다고 할 때, 직감을 했었다. 일
방적인 승부가 될 거라고 말이다.

'선거는 인지도라고! 아무리 바보라도 아는 사람을 찍게
되어 있어.'

작년에 떨어지기는 했지만 자신 외의 당선 가능성이 있는

사람은 없다고 생각했었다.

"다 틀렸어!"

후보가 머리칼을 움켜쥐었다.

그를 달래야 할 참모는 조용히 고개를 끄덕였다.

'일방적이기는 하네요. 이거야 원.'

뚜껑을 열기도 전에 뭐가 들어있을지 알면 승부 자체가 무의미해진다.

남은 건 아름다운 퇴장뿐이었다.

상대 후보의 기권으로 선거에서 승리를 거뒀다.

학생회실로 들어서니 총무와 회계가 벌떡 일어섰다.

"선배님, 학생회장 취임을 축하드립니다."

성훈이 차가운 눈으로 물었다.

"너희들 몇 학년이냐?"

"삼 학년입니다."

"응? 수업 시간에 한 번도 못 본 것 같은데."

"그야, 수업을 잘 안 들어가니까……."

"왜?"

"학생운동을 하느라."

낮에는 학생운동 한답시고 돌아다니고, 밤에는 술로 현실을 비관하겠구나. 쯧쯧.

'이런 놈들이라도 구해놓지 않으면 나중에 암적인 존재밖에 안 되겠지.'

"학생운동은 왜 하냐?"

"이쪽 계통이 정치권으로 가기 좋다고 했습니다."

"누가?"

"전 학생회장이요."

공부가 싫으니 그렇게라도 직장을 찾으려는 녀석들이었는데, 이제는 실 끊어진 연이나 다름없었다.

'쯧쯧. 불쌍한 놈들.'

이런 놈들이 세상으로 나가면 이용당하기 딱 좋은 놈들이었다. 그랬으니 전 학생회장에게 그렇게 휘둘렸겠지만 말이다.

"너네, 학점 얼마나 나오냐?"

"네? 2.0인가? 아마 그럴 겁니다."

공부를 안 하는데, 학점을 줄 교수는 없다.

"공부에는 전혀 관심이 없나 보네."

"당연한 거 아닙니까? 학생운동 하느라……."

눈을 부라리는 성훈을 보며 말을 끊었다.

"학생운동은 왜 하는데?"

정말 녀석들의 말대로 민족과 민주사회 구현을 위해서 인지를 묻는 것이었다.

"전 학생회장이 정치 쪽으로 연줄이 있어서, 경력을 쌓아야 한다고 해서 말입니다."

"그런데 지금은 그 녀석이 없지?"

"네, 그렇습니다."

"계속 학생운동을 할 거냐? 거기에 너희 미래가 있다고 생각하는지 묻는 거다."

"그건 잘."

아무 생각이 없는 녀석들이다.

누가 잡아주지 않으면 정말 암적인 존재가 될 것이다. 불쌍한 녀석들.

성훈이 말했다.

"학생운동 하지 말라는 말은 안 한다. 너희 인생 너희가 사는 거니까. 하지만 내 밑에 있으려면 해야 할 게 있다.

"선배님 밑이라는 말씀은? 그럼 저희를 안 자르실 생각이십니까?"

"다른 애들 공부하느라 바쁘다. 언제 학생회 일을 보고 있겠냐? 구관이 명관이지. 하지만 돌대가리들 있는 건 용납을 못한다."

둘이 멍하니 성훈을 바라보았다.

'뭘 어쩌라는 거지?'

"돌대가리가 아니란 걸 증명해라."

"어떻게요?"

"이번 학기 평점 3.8 이상 받아와라."

"네? 그런 말도 안 되는?"

"아직 중간고사 시작도 안 했다."

"그래도 불가능입니다. 출석일수가 모자라서."

성훈이 둘을 향해 눈을 부라렸다.

"불가능? 지랄하네."

차마 대들지는 못하고 불쌍한 척을 했다.

척도 통할 사람에게 해야 통하는 법이다.

"교수 바짓가랑이를 붙들어서라도 학점 받아와."

둘은 아무런 대답을 할 수 없었다.

자신들의 말에 책임을 지지 못하면, 더 큰 고통을 당할 것을 이미 직감했기 때문이다.

"그럼 선배님. 점수를 좀……."

'이것들이 어디서 딜을 걸어? 죽을라고.'

회계의 말을 자르며 단호하게 말했다.

"당연히 그런 경우는 없겠지만, 만약 채우지 못하면 내 눈에 뜨일 생각은 하지도 마라."

둘이 성훈을 곁눈질로 쳐다보았다.

"걸리면 바로 아작 내버릴 테니까 말이야. 알지?"

후배들이 원하는 미팅을 허락했다.

경호의 입가에 웃음이 번져 나갔다.

"감사합니다, 선배님!"

"경호야. 만약에 미팅을 하면 어떻게 할 거냐?"

"그건 아직?"

"저 애들 다 데리고 나갈 건 아니지? 전쟁하는 것도 아니고."

내 말에 경호는 아무런 말이 없었다.

"몇 명만 데리고 간다고 하면 쟤들이 만족하겠냐?"

"그건 미처 생각을 못했습니다."

경호의 계획에는 이화여대라는 목표만 있을 뿐, 그에 대한 구체적인 것이 아무 것도 없었다.

"사고를 크게 쳤구나."

경호가 생각해 보니 성훈의 말이 맞았다.

미팅 안 나가고 싶은 애가 있을까?

제 말마따나 평생에 한 번 올까 말까 한 기회라면?

"어떡하죠? 선배님!"

경호의 얼굴이 울상이 되었다.

성훈이 피식 웃으며 말했다.

"미팅 건은 내가 알아서 할 거라고 말해둬."

학생회장의 취임 연설이 있었다.

취임 연설은 간단하게 끝났다.

"김성훈입니다. 우리 건축과의 미래와 발전을 위해서 전력 질주하겠습니다. 감사합니다."

하지만 학생들의 관심사는 학과의 미래와 발전이 아니었던 모양이다.

학생들 중 하나가 물었다.

"이화여대와의 미팅을 허락하셨다고 2학년 과대에게 들었습니다."

이제부터는 공식적인 일정이 아니었다.

미팅 건이 공식적인 일일 리가 없지 않은가?

"그런데?"

"좀 더 자세하게 들을 수 있을지 해서요."

학생들의 눈이 모두 나를 향했다.

"이화여대의 현주 양과 통화를 해본 결과, 미팅은 한 번만이 아니라 몇 번이라도 괜찮다는 확답을 받았습니다."

"와아아아!"

갑자기 귀가 떨어질 듯한 함성 소리가 터져 나왔다.

서울이나 경기 지방, 혹은 대학이 많은 곳에서 학교생활을 했던 사람은 이 느낌 절대로 모른다.

울산에는 대학이 하나뿐이었다.

성훈도 예전에 경주 동국대 여학생과 미팅하려고 2시간을 버스를 타고 간 적도 있었다.

'이 시절엔 나도 여자에 목말라 있었지.'

이 시기의 남자들은—특히나 남자들만 있는 과라면—발정

난 강아지 저리 가라였다.

경주 여자를 만나려고, 2시간을 갈 정도였는데, 무려 이화여대라니!

'너희의 마음도 충분히 이해가 된다마는……'

모두를 만족시킬 수 있는 정책은 없다.

운이 좋아 성훈 선배 덕분에 이화여대생이랑 미팅을 했다. 그것으로 '끝'이다.

아무런 성취도 없이, 그냥 한때의 추억으로.

'너희의 추억을 평생 잊을 수 없게 만들어주마.'

후배들을 향해 말했다.

"이화여대 한국무용과와 미팅? 원한다면 몇 번이라도 시켜주지."

"와! 와! 와!"

아까의 함성은 저리 가라였다.

다른 과에서 봤다면 폭도라고 했을 것이다.

"단, 1회당 인원은 10명으로 제한한다."

"네? 선배님. 그게 무슨 말씀이십니까?"

정말 폭동을 일으킬 분위기였다.

'경호 녀석이 너무 바람을 넣었는걸.'

지금 녀석들의 머릿속에는 현주가 하늘거리며 춤추던 장면밖에 남아 있지 않을 것이다.

'나라도 저 시절에는 저랬을 거야. 난 여자 만나러 경주까

지 갔는데 뭘.'

인정할 수밖에 없었다.

불평하는 녀석들에게 뻔뻔스러운 얼굴로 말했다.

"어쩌라고. 현주가 그렇게밖에 안 된다던데."

물론 현주는 그런 말을 한 적이 없다.

내가 먼저 말을 한 것이지.

하지만 직접 전화해서 물어볼 녀석은 없었다.

왜냐고?

현주에게 경호 전화도 받지 말라고 했거든!

너무한 거 아니냐고?

절대 아니다.

권력은 부자간에도 나눌 수 없는 거라고 했다.

철저한 비밀 유지.

그것만이 이 발정 난 녀석들의 역량을 건전한 곳으로 올인하는 결과를 만들 테니까 말이다.

실망하는 녀석들을 위해서 위로의 말을 이었다.

"그 인원들의 선별은 학생회에서 하게 될 것이다."

한 녀석이 손을 들었다.

"학생회라 하시면?"

"학생회 임원들을 말한다. 나, 총무, 회계……."

경호를 바라보며 말했다.

"저기 있는 서기!"

"그럼 회장이 승인을 해도, 임원들이 반대하면 못하는 겁니까?"

"그렇다. 그 반대의 경우도 마찬가지."

이 얼마나 합리적인 일 처리인가?

학생들의 시선이 눈앞에 있는 경호를 향했다.

그는 고개를 끄덕였다.

군중의 시선이 다시 성훈에게로 향하자, 경호가 시무룩하게 고개를 숙였다.

'친구들아. 미안하다. 그냥 회장이 선택한다고 생각하면 돼. 말하지 못해서 미안하다.'

"그럼 그 선별 조건은 어떻게 되는 겁니까?"

"당연히 학생으로서 해야 할 임무를 잘하고, 학생회에 협조적인 자 우선이다."

"학생의 임무라고 하면 뭘 말씀하시는 겁니까?"

"당연히 공부다."

조금 더 명확한 지침이 필요할 것 같았다.

"평점 3.8 이하는 일단 제외한다."

꿈도 꾸지 말라는 말을 하고 싶었지만, 어린 영혼들에게 상처를 줄 것 같아서 하지 않았다.

"선배님, 행복은 성적순이 아니잖습니까?"

이 말이 나올 거라 예상하고 있었다. 당연히 반박할 말을 준비하고 있었다.

"이 미팅, 한 번 하고 말 거냐?"

"현주 누님이 몇 번이라도…….”

"처음의 미팅에 나간 녀석들이 덜 떨어지는 짓을 하면 다음의 미팅이 있을 것 같아?"

녀석들의 얼굴이 굳어졌다.

"그렇게 현주의 얼굴에 먹칠을 하고, 다음에 또 미팅을 하자는 말을 내가 할 수 있을까?"

아무도 말이 없었다.

"진짜로 그렇게 생각하는 거냐?"

'조금만 더 당기면 확실히 코를 꿸 수 있겠군.'

지금 내게는 어떤 명령이라도 철저히 수행할 수 있는 병사들이 필요했다.

'어중간한 각오로 박람회를 성공적으로 이끌 수 없다고.'

이왕 나간다면 확실하게 한 획을 그어줘야 했다. 또한 총장에게 다른 과를 끌어들이라고 한 것은 그들의 역량도 끌어들여서라도 목적을 이루겠다는 결심이었다. 물론 상은 우리가 타게 되겠지만.

박람회 말고도, 학과의 역량을 모을 일은 많을 것이다. 특히나 학과의 자존심이 걸린 일이라면 말이다.

건축은 아직은 남자들의 전유물이다.

힘을 모을 수만 있다면 군대 못지않은 단결력을 가질 수 있었다. 그걸 집결할 수만 있다면 최강의 학과가 탄생한다.

'이것도 못하면서 사회에 나가서 무슨 큰일을 할 거란 말이야?'

후배들에게 일갈했다.

"대충 해보고 말 생각이라면 아예 시작을 않는 게 나아."

그게 박람회든, 아니면 미팅이든 말이다.

멍하게 입을 벌린 녀석들에게 말했다.

"우리나라 여대 중에 세 손가락에 들어가는 곳과 미팅을 한다. 자격을 갖추지 못한 자가 나가서 학교의 격을 떨어뜨리고, 다음의 우리 후배들이 미팅 자리를 망쳐 버릴 것인가?"

'어때?. 대답해 보라고.'

굵직한 함성이 한 목소리로 흘러나왔다.

"아닙니다!"

"이런 내 우려가 쓸데없는 것인가?"

"아닙니다!"

"싫은 사람에게 강요하지 않는다. 싫은가?"

"아닙니다!"

"그럼. 내 제안을 승낙하는 것으로 알고, 사정이 허락하는 한은, 앞으로도 계속 이화여대와의 만남을 지속하도록 노력하겠다."

"감사합니다. 선배님!"

갑자기 누군가가 손을 들었다.

"잠깐, 성훈아!"

성훈보다 한 해 선배였다.

"뭡니까? 선배님?"

"거기 사 학년도 포함되는 거냐?"

학우들이 웅성거렸다.

"다 늙은 선배가 염치도 없지."

"선배님께서 왜 미팅에?"

선배가 외쳤다.

"왜 자식들아! 나도 이화여대 여자한테 장가 한번 가보자. 엉!"

성훈이 말했다.

"자격 조건은 아까 말한 것뿐입니다. 선배님."

학과의 역량을 모으는 것이라면 성훈은 사람을 가릴 생각이 없었다.

3, 4학년들의 눈에는 생기가 돌았고, 1, 2학년들은 긴장의 침을 삼켰다.

선배의 수는 많지 않았지만, 그만큼 경쟁자가 늘어난 것이다.

그것도 꽤나 건축에 대한 경험이 많은 선배들이 말이다.

달콤한 열매?

쉽게 입안에 넣어줄 생각 따위는 애초에 없었다.

왜 동문들 간의 무한 경쟁을 부추기냐고?

당연한 거다.

선의의 경쟁이 뭐가 어때서, 오히려 권장해야 할 것이 아닌가?

선배에 대한 예우?

자격 없는 자가 선배랍시고 나대면, 그것보다 골치 아픈 게 없다.

선후배보다는 각각의 존재의 관점에서, 노력한 자가 영광을 차지하는 것이 당연한 것이다.

솔직히…….

사랑에 선후배가 어디 있고, 행복에 선후가 어디 있는가? 죽음에 선후가 없는 것과 같다.

'어차피 나 아니면 안 될 미팅. 이왕 시켜줄 거라면 최대한 내 목적에 맞게 사용해 주겠어.'

학과 전체의 업그레이드.

그 시작은 치사하게도, 여자를 미끼로 걸었다.

눈앞에 없는 서울의 얼굴도 모르는 여자들을!

서울 여자들!

눈 감으면 코 베어갈 여자들이다.

울산 촌놈이 촌티 줄줄 흘리면서 갔다가는 근처에 접근도 못하고 퇴짜를 맞을 것이다.

그럴 거라면 퇴짜를 맞지 않을 능력이 되는 녀석이나, 퇴짜를 맞더라도 굴하지 않는 멘탈이 되는 녀석을 데리고 갈 것이다.

'다음의 미팅을 위해서라도.'

열 번 찍어 안 넘어가는 나무가 어디 있나?

강철로 된 나무도 아니고!

똑똑.

"들어오시게."

총장은 창가에서 성훈의 연설을 듣고 있었다.

들어온 사람은 총장의 비서였다.

"총장님, 올해의 건축과는 여느 해보다 역동적일 것 같습니다."

"흐흐, 그러게 말일세."

"사람 하나는 제대로 보셨습니다."

"허허, 황 비서. 왜 그렇게 비행기를 태우나? 얻어 걸린 거야. 얻어 걸린 거!"

"각 과의 학과장들이 모두 모였습니다. 이제 나가시지요."

"아이고, 그나저나 저 친구 마음에 들게 잘 설득해야 할 텐데."

황비서가 웃음을 지었다.

"원래 학교야, 총장님이 꽉 쥐고 계신 것 아닙니까? 전 걱정 안 합니다."

총장이 고개를 절레절레 흔들었다.

"학과장들을 설득하는 건 별문제 될 게 없지. 문제는 저 젊은이지."

"잘하고 있는 것 같습니다만."

"크크. 그렇지. 저렇게 수단 방법을 가리지 않고 학생들을 끌고 가는데, 학과장들에게 요구하는 것도 상식을 넘어갈 거란 말이지. 과연 학과장들이 저 친구의 요구를 맞춰줄 수 있느냐 하는 것이지."

총장이 고개를 끄덕였다.

"역대 최고의 학생회장이 탄생하겠군. 나가세나. 늙은이가 바쁜 친구들을 기다리게 해서야 쓰나."

49장
기둥은 꼭 있어야
하는가?(1)

한 교수가 물었다.

"학생회장, 프랭크 스승님한테서 전화 왔었냐?"

한 교수가 말하는 스승이란 사우디 심포지엄에서 만났던 '프랭크 베리'를 말하는 것이었다.

한 교수는 심하게 술병을 앓은 뒤, 무시무시한 맹세를 했다.

'내 두 번 다시는 폭탄주를 20잔 이상 안 먹겠어'라고.

그리고 지금은 멀쩡하다.

여느 때보다 활기가 넘쳐 보였다.

논문 마감 일이 한 달도 채 안 남았기 때문이다.

"아뇨. 전화 온 건 없었어요."

여전히 난 한 교수 사무실에서 공부를 하고 있다.

학생회장 일은 어떻게 하고?

학생회장이야말로 가장 학생다워야 하지 않겠는가?

학생이 가장 학생다울 때는 공부할 때다.

"성훈아, 이 논문이 완성되면 학계에 센세이션을 일으킬 거라고. 흐흐흐."

자신감 넘치는 한 교수를 보며 나도 웃었다.

"네, 네. 저번에도 그러셨잖아요. 교수님. 흐흐."

프랭크 조언을 따라서 몇 번이나 논문을 갈아엎었으면서 저런 자신감은 어디서 나오는 건지.

"당연한 거야. 이 정도 자신감은 있어야 새로운 흐름이 나올 수 있는 거야!"

다음 날, 한 교수가 논문을 내게 내밀었다.

"성훈아, 한번 봐주라."

내용이야 대충 아는데, 봐서 무엇 하랴 싶었지만 한 교수의 부탁에 논문을 받아 들었다.

'한 달 만에 보는 건데, 어떤 변화가 있었을까?'

나도 가슴이 두근거렸다.

하지만 어제의 자신감과는 달리 논문은 불안했다.

'물론 자신의 지식을 총동원한 것이겠지.'

한 교수의 전통 건축에 대한 사랑은 누구보다 내가 잘 알고 있었다. 그가 가장 귀찮게 한 사람이 나였으니까.

그는 탄탄한 구조 이론 위에 한국의 전통 건축을 얹었다. 나름 참신한 발상이었다.

'하지만 이 이론이 한국에서 먹힐까? 그 이전에 밸런스가 너무 불안해.'

한 교수가 원하는 센세이션은 도저히 무리였다.

구조는 탄탄한데, 전통 건축은 수박 겉핥기라고 할까?

단 일 년 만에 전통 건축의 정수를 파악하기에는 그의 지식이 너무 얕았다.

'좀 더 시간이 흐르고, 전통 건축을 좀 더 음미했었다면 이것과는 다른 논문이 나왔겠지만, 아쉬워.'

내가 보기엔 지금은 시기상조였다.

논문을 읽으며 고민에 빠졌다.

'저 고집쟁이가 쉽사리 고집을 꺾을 리는 없는데. 어떡한다?'

마지막 페이지를 넘길 때, 한 교수가 물었다.

어지간히 급했던 모양이지.

"어떠냐?"

"잘 쓰셨네요."

난 솔직히 졸업 논문이라는 것을 써본 적이 없다.

학교생활 자체가 '나이롱'이었다.

4학년 때는 공부보다는 투시도 작업을 하느라고 정신이 없었으니까.

경험이 없는 내가 해줄 말은 그것밖에 없었다.

내 대답이 뭐가 탐탁지 않았던 모양이다.

"그것…… 뿐이냐?"

입을 한쪽으로 삐죽이면서 불만을 표시했다.

지난 삶의 내가 봤었다면 '우와!' 하면서 감탄했을지도 모른다.

내 손안의 이 글도 충분히 신선했을 테니까!

어쩌면 지난 삶의 나는 철이 없었으니, 좁아터진 머리로 이게 뭐냐며 비난했을지도 모른다.

'지금은 다르지.'

공부의 깊이도 다르지만 무엇보다 몇 번의 해외여행 경험이 있었다.

그때보다 훨씬 더 수준이 높은데, 이런 논문이 내 눈에 찰리가 없었다.

"교수님, 이 논문 너무 평범하지 않습니까?"

"왜 그렇게 생각하냐?"

"솔직히 말씀드려도 돼요?"

한 교수가 고개를 끄덕였다.

"지금 정도의 논문이라면 저도 쓸 수 있을 것 같아요."

내 대답에 한 교수는 심각하게 미간을 찌푸렸다.

논문이란 무엇인가?

어떤 문제에 대한 학술적 연구 결과를 체계적으로 적은 글이다.

하루에도 수만 개의 논문이 쏟아진다.

대학 졸업을 위한 자격을 증명하려고, 혹은 대학 교수들이 자신들이 한 연구가 헛되지 않았다는 것을 투자자 혹은 학교에 증명하기 위해.

지극히 형식적인 것들.

서론 본론 결론의 형식만 갖춘다면, 그것은 무사하게 통과된다.

오죽하면 대학 교수가 그 제자에게 대필을 시킬 정도였을까?

물론 한 교수의 논문은 전통 건축과 미국식 구조를 적절히 믹스한, 나름대로 참신함이 있었다.

'하지만 그뿐이지.'

미국식 건축 구조에 대해서는 해박하지만, 전통 건축에 대해서는 그 깊이가 얕았다.

그 둘의 수준 차이에서 나오는 괴리감은 뭐라고 콕 찍어서 말로 설명할 수 없었다.

침음성을 삼키는 한 교수에게 조용히 고개를 끄덕였다.

'지금 당신이 여기서 머물러서는 곤란하다고.'

내가 발전하는 만큼 한 교수도 발전해야 한다.

그래야 서로가 밀고 당기면서 시너지 효과를 낼 수 있다.

침통한 표정의 한 교수가 물었다.

"그 정도로 형편없냐?"

가슴 아픈 말이 되겠지만 어쩔 수 없었다.

어깨를 으쓱이며 고개를 끄덕였다.

"네, 그 정도예요. 딱 통과할 정도."

꼭 논문이 새로울 필요는 없다.

통과의례에 필요한 목적을 가지고 쓰여진다면 말이다.

하지만 한 교수가 원하는 것은 그런 것이 아닐 터.

말을 이었다.

"새롭지 않아요. 평이해요. 그냥 책 사서 읽으면 되지. 뭐 하러 교수님 논문을 읽겠어요?"

한 교수는 자신의 문제점을 몰랐다.

적어도 한 교수가 예일을 졸업할 때, 썼던 논문을 읽은 나로서는 말이다.

'예일의 논문에서는 어떻게든 튀어보려고 난리를 쳤던 흔적이 남아 있었거든.'

"이런 식으로 쓰시려면 차라리 우주 건축을 쓰시는 게 나아요. 그건 허황되긴 하지만 그나마 궁금했거든요."

내 말이 심하다고 생각할 수도 있다.

그러나 나는 이렇게 말해야만 했다.

'내가 겨우 내 백그라운드나 하라고 한 교수를 찍었겠어?

미쳤어? 그럴 거면 서울대를 찾아갔지!'

그는 재능이 있었다. 물론 이대로 놔둬도 그는 자신의 재능을 발휘할 것이다. 그러나 10년 뒤가 될 것이다.

'그때는 내가 35살이라고.'

나는 그의 재능을 빨리 싹 틔우고 싶었다. 명성도 충분히 높이고 싶었고.

'당신 배경을 십 년 뒤에나 써먹을 생각은 없다고, 난 지금 당장 당신이 필요하다고.'

내 말에 자존심이 상했음인가?

내게서 건네받은 논문을 박박 찢어버렸다.

"그래, 이건 시작부터가 잘못되었어."

한 교수는 스스로가 잘못 생각하고 있었던 것을 내게 말했다.

"한국의 논문 쓰는 법을 따라하려고 했던 게 잘못이었어. 그렇게 하면 충분히 어필할 거라고 생각했었거든."

"참고할 가치가 없는 것들을 참고하셨네요."

건축 후진국 한국에서 뭘 바란다는 말인가?

원천 기술이 없어서, 만날 천날 로열티를 지불해 가면서 기술을 빌려 쓰는 게 우리나라의 현실이었다.

논문조차도 참고할 것이 별로 없었다.

건축 후진국이라고 스스로 말하기는 부끄러웠지만 이것이

진실이었다.

하지만 나는 고개를 뻣뻣이 쳐들었다.

'뭐, 어때. 이게 내 잘못이냐?'

난 내 후배들에게는 이런 부끄러움을 당하게 할 생각이 전혀 없다.

나 같은 잘난 선배, 선구자 덕분에 미국에 가서도, 일본에 가서도 한국의 선진 기술을 가르치게 하고 싶다.

'적어도 건축에 대해서는 다른 사람들에게 꿀리지 않게 말이야.'

쓸데없는 포부가 너무 길었다.

"교수님, 이런 논문은 저잣거리에 많아요."

"크윽."

한 교수의 인상이 찌그러졌다.

"너한테 그런 소리를 들으니 속이 쓰리네."

"애초에 샘플을 잘못 선택했어요."

기존 논문 짜깁기에 복붙하는 수준의 논문을 참고했으니, 이런 결과가 나오는 것이 당연했다.

"그리고 아직은 전통 건축을 논할 수준이 안 되세요. 솔직히."

그가 머리를 긁적거렸다.

"이제 어느 정도는 됐다고 생각했는데."

"미국이나 한국을 모르는 다른 나라에서는 잠시 가십거리가 될 수는 있겠지만 그마저도 약해요."

한 교수가 한숨을 내뱉었다.

"거 참, 어떡하지?"

"바꿔요."

"뭘?"

삼송의 이 회장은 '마누라 빼고는 다 바꾸라'는 명언을 했다.

"모조리 다!"

"야, 시간이……."

"한 달이나 남았잖아요."

한 교수가 나를 보며 피식 웃었다.

"그래, 한 달이나 남았지. 해보자. 웃챠!"

그가 일어나더니 찢은 논문을 쓰레기통에 던져 버렸다.

"대신 성훈이 너, 나 좀 도와라."

"제가 왜요? 저 바쁩니다. 학생회장이라서."

그가 내게 헤드락을 걸었다.

"이렇게 개박살을 내놓고, 그냥 내빼려고 했더냐? 응?"

한 교수의 헤드락을 벗겨내며 역으로 코브라 트위스트를 걸었다. 나 요즘도 특훈받고 있다고.

"어째 제자를 꽁으로 부리실라 그러십니까?"

"아아악. 야, 이놈아. 이거 놓고. 아악!"

'흥. 놓을까 보냐?'

"원하는 게 뭐야? 아악. 목 끊어지겠다. 자식아."

"제 자취방이 학교에서 좀 멉니다. 아시죠?"

"끄응. 알고 있지."

"그래서 오가는 시간이 길어서 잠도 제대로 못 잡니다."

"그래서 어쩌라고? 이거 놓고 말하자. 성훈아. 앞으로 안 그럴게."

하지만 나는 전혀 놓아줄 마음이 없었다.

"그래서 요즘에 좀 피곤하네요."

"그래서? 아흑!"

"그러니까 침대 하나 사 주세요."

"알았다. 이놈아. 이거 놓고. 아갸갸갸!"

'제대로 알아 듣기는 한 거야? 알아들었겠지?'

비명을 지르느라 제대로 들었는지 모르겠지만, 기억 안 난다고 오리발 내밀 위인은 아니었다. 모르면 물어보겠지. 공짜로 도와주지는 않는다는 선을 그으려고 했던 것이니, 가격대는 별로 상관없었다.

한 교수가 목과 어깨를 휘휘 돌리며 말했다.

"너 아직도 체육관 다니냐?"

"당연하죠. 요즘 한기가 시합이 얼마 안 남아서 그런지, 기술이 꽤 날카롭습니다."

"아씨, 나도 체육관을 끊든지 해야지. 서러워서."

한 교수가 말을 이었다.

"미국에서 내가 쓰던 거 갖다 줄 테니까. 확실하게 도와야
돼! 알았어?"

"중고를요?"

한 교수가 눈을 부라렸다.

"충분히 새 거니까, 잔소리 말고 받아."

알았다고 어깨를 으쓱였다.

'얼마나 좋은 침대길래. 미국에서 가져온대?'

뭐, 중고면 어떠랴!

'침대는 미국제가 그렇게 좋다던데. 잘됐네.'

"그런데 주제를 뭐로 잡지? 갑자기 생각하려니까 막막하네."

"그냥 생각하시던 걸 쓰면 되는 거지. 특별할 필요 없잖아
요. 사람들의 눈길을 끌 정도로 새로우면 되는 거 아니에요?"

한 교수는 턱을 괴고 생각에 잠겼다.

"새로운 거라. 새로운 거라."

중얼거리면서 한 교수 책상의 설계 의뢰서를 뒤적였다.

"뭐, 새로운 일거리라도 들어온 게 있나?"

요즘 한 교수에게는 일거리가 몰려드는 모양이었다. 구조
대전으로 유명세를 타는 탓이었다. 새로운 일은 언제나 즐거
운 것이었다.

콧노래를 흥얼거리는데 익숙한 이름이 눈에 들어왔다.

"교수님, 도산에서도 설계 의뢰 들어왔어요?"

한 교수가 건성건성 대답했다.

"응. 뭐. 유치원인가 설계하는데 같이했으면 하더라고."

"투시도가 아니고, 설계 의뢰라. 그 양반이 웬일이래? 오랜만에 목소리나 들어볼까?"

최 과장이 전화를 받았다.

"어, 과장님이시네. 김성훈입니다."

─오랜만이네. 성훈 씨.

"소장님은요?"

─허가 건 때문에 시청에 가셨어.

간단한 안부 인사 후에 본론으로 들어갔다.

"우리 사무실에 설계 의뢰를 하셨네요."

─응. 설계 조건이 까다로워서 말이야. 아무래도 그쪽 도움이 필요해.

"얼마나 조건이 까다롭길래 그러세요?"

'그 소장이 설득 못하는 의뢰자도 있단 말이야.'

고객을 쥐락펴락하는 도산소장인데 말이다.

수화기 너머로 최 과장의 짜증 섞인 목소리가 들렸다.

─몰라. 막무가내로 새로운 걸 내놓으라네. 아직 개념도 못 잡고 있다. 몇 번을 빠꾸 맞는지 몰라. 진상이야. 진상.

"못한다고 하면 되죠. 그걸 왜?"

─우리 소장 성격 알잖아. 물면 안 놓는 거.

"하하. 알죠. 하면 돈 되는 거 아는데, 절대 안 놓으시죠."

직원들이 고생하는 것을 일일이 신경 써줄 소장은 아니었다. 월급을 좀 더 주면 몰라도 말이다.

'그나마도 생색을 내겠지.'

한 교수에게 말했다.

"교수님, 저 도산사무소에 갔다 올게요."

여전히 생각 중인 모양이었다.

건성으로 대답한다.

"교수님 차 끌고 갑니다."

"그래, 그래. 얼른 가."

한 교수가 손을 휘휘 내저었다.

"과장님, 도대체 어떤 의뢰기에 그렇게 어렵다는 거예요?"

전화로도 될 것을 굳이 온 것은 이유를 직접 듣고 싶었기 때문이었다.

도산 소장의 말재간으로도 설득을 못했다는 사실이 흥미로웠다.

"유치원 의뢰가 들어왔어."

"설계해 주면 그만이지. 문제될 게 있나요?"

"그런데 의뢰자가 보통 사람이 아니야. 귓구멍이 처막혔는지, 말이 안 통해."

말이 안 통한다고 포기할 소장이던가?

도산 소장은 내가 아는 사람들 중에 손에 꼽을 정도로 강한 입담을 가졌다.

최 과장의 말에 고개를 갸우뚱했다.

"설마요? 소장님. 꼼수가 또 죽여주잖아요."

수주를 위해서라면, 수단과 방법을 가리지 않고 고객을 설득하는 소장이었다.

그는 고개를 절레절레 흔들었다.

"안 통해. 안 통해. 이번엔 어림도 없어."

진절머리가 나는 모양이었다.

"뭔데요. 말씀해 주세요."

"생각도 하기 싫어. 좀 있으면 소장님 오시니까 직접 듣는 게 나을 거야."

곧 소장이 돌아왔다.

"일 년에 몇 번 하지도 않을 학예회를 위해서 대강당을 짓는 게 비효율적이라는 거지."

당연하다.

원생을 한 명이라도 더 모으기 위해서는 교실 하나 더 만드는 것이 훨씬 더 이득일 것이다.

대강당까지 생각할 정도면 꽤나 시설 투자를 하려는 줄 알았는데, 말을 들어보니 그것도 아닌 모양이었다.

"그래서요?"

"벽을 항시 자기 마음대로 옮길 수 있게 만들어 달래! 집이 장난인 줄 아나?"

"파티션을 만들어 주면요?"

"그건 또 싫다네. 싼 티가 난대나 어쩐대나 하면서 말이야."

말을 들으니 웃음이 나왔다.

소장이 날 보더니 어이없다며 따라 웃는다.

"지금 이런 상황인데 웃음이 나와?"

"아직은 제 일 아니잖아요. 어떤 남자인지 궁금하네."

"아줌마야. 아주 말 안 통하는 여자."

소장은 시계를 보더니 짜증을 버럭 냈다.

"1시까지 오기로 했는데, 20분이 지났는데 왜 아직 안 와?"

밖에서 빵빵거리는 소리가 들려왔다.

'사고가 난 건가?'

여러 대가 빵빵거리고 있었다.

그리고 이내 고성이 들려왔다.

"아줌마, 차 빼라는 소리 안 들려요?"

창에서 보이지 않는 곳이라서 확인을 할 수는 없지만, 누군가가 교통에 불편을 주는 모양이었다.

고성을 지르는 상대는 급한 모양이었고, 상대는 여자 목소리였는데, 작아서 잘 들리지는 않았다.

소장이 혀를 찼다.

"또 김 여사님 등장했나 보구만! 쯧."

미숙한 운전 실력과 불쾌한 운전 매너로 도로 상황을 어지럽히는 사람을 '김 여사'라고 부른다. 여성 비하라는 말도 있지만…….

"종종 이런 일이 있나 보네요?"

"뭐. 아무래도 차는 많이 다니는데, 도로는 좁다 보니 어쩔 수 없잖아."

시계를 보던 소장이 투덜거렸다.

"이 여자는 1시까지 온다고 해놓고는 20분이 지나도록 소식이 없어. 늦으면 늦는다고 전화라도 한 통 하던가! 사람이 매너가 없어. 매너가."

1시까지 온다던 그녀는 2시가 되어서야 도착을 했다.

40대 중반으로 보이는, 곱상하게 생긴 여자였다.

첫인상은 참 곱게 나이를 먹었다는 것이었다.

뭔가 기분 상하는 것이 있는지, 미간에 주름이 가 있었다.

소장이 인사를 하면서 맞이했다.

"하하. 늦으셨네요. 바쁘셨나 봅니다."

소장의 말이 귀에 들어오지 않는 모양이었다.

그녀가 볼을 부풀리며 말했다.

"어쩜 저런 사람들이 다 있죠?"

자신의 말에 대꾸도 하지 않는 것에 소장은 기분이 상한 것 같았지만, 그걸 얼굴로 드러낼 정도의 초보는 아니었다.

오히려 웃으며 물었다.

"왜요? 무슨 일 있으셨습니까?"

"이 골목에 거의 다 들어왔는데, 뒤늦게 들어와서는 차를 빼라고 하잖아요. 너무한 거 아니에요? 정말?"

소장이 인상을 살짝 굳히며 물었다.

"김 여사님, 어느 길로 들어오셨어요?"

"음, 사무실 뒤쪽으로 들어왔죠? 왜요?"

"거기 일방통행입니다."

"어머, 그런 표시 없던데요?"

'음. 아까의 김 여사가 이분이었군.'

없을 리가 없었다.

나도 아까 그 길을 지나 왔었거든.

'긴장해서 못 봤겠지.'

보고도 무슨 의미인지 몰랐던지. 어떻게 면허는 땄는지 몰라.

그녀는 흥분을 했지만 목소리를 높이지는 않았다.

"그래도 말이에요. 여자가 운전을 하면 좀 양보해 줄 수도 있는 거잖아요. 그죠?"

소장이 마지못해 고개를 끄덕였다.

"네, 그럴 수도 있죠."

"곱게 말로 해도 될 걸 가지고."

그녀는 입술을 씰룩이더니 다시 말을 이었다.

"그 아저씨가 어찌나 사납던지, 후진하는데 발이 덜덜 떨리더라니까요."

아까의 상황이 생각나는 모양인지, 소장이 내민 물을 벌컥벌컥 들이마셨다.

"휴."

그걸로 30분 이상을 실랑이했다는 말 아닌가?

남의 시간 한 시간을 허비하게 하면서!

'휴.'

나도 한숨이 나왔다.

그녀의 말처럼 배려가 있으면 좋았으리라.

하나 갈 길이 바쁜 사람 붙잡고 30분 동안 길을 막으면, 그걸 과연 배려해 줄 사람이 있을까?

소장이 흥분한 그녀를 진정시켰다.

지금 소장은 똑같은 말을 세 번째 하고 있었다.

"그러니까 말이죠. 김 여사님."

"원장이라고 불러주세요. 소장님."

"네, 원장님. 말씀하시는 그게, 말씀하시기는 쉽지만 실제로 만들기는 어렵다니까요."

"어떡하죠. 실력이 좋으시다는 말씀을 듣고 왔는데, 남편 친구분이 절 놀리신 건가요?"

소장의 얼굴이 누렇게 변했다.

말투는 분명히 조곤조곤 예의 바른데, 말의 내용은 전혀 그렇지 않았다.

대놓고 실력 없다고 말하는데, 기분 좋을 사람은 아무도 없었다.

'악의가 있어 보이지는 않는데.'

가끔씩 저런 사람이 있다. 악의는 없는데, 자존심에 비수를 찌르는 말을 하는 사람 말이다.

저건 병이다.

자신이 뭘 잘못하는지를 모르니, 고칠 생각도 없다. 그렇다고 '당신이 잘못하고 있다'라고 조언을 해주기도 어렵다.

남한테 상처는 잘도 주면서, 자신이 상처받으면 '나한테 어떻게 그렇게 말할 수 있냐?'면서 흥분하는 부류였다.

'저런 유형은 조언해 봤자, 욕만 먹지.'

답답한 소장이 가슴을 쳤다.

"원장님, 제 말은 그게 아니잖습니까? 말귀를 못 알아들으시네."

"어머, 무슨 말씀을 그렇게 심하게 하세요. 말귀를 못 알아듣는다뇨?"

소장의 이마에 주름이 늘었다.

"죄송합니다. 제가 말을 실수했습니다. 하지만 원장님 요구대로 하자면 기둥이 없어야 되는데, 기둥 없는 건물이 세상천지에 어디 있습니까? 예?"

그녀가 당당하게 말했다.

"전 기둥, 건축, 그런 어려운 건 몰라요. 그런 거 처리하려고 건축사 사무소가 있는 거잖아요. 안 그래요?"

확인하듯 옆에 앉아 있는 나에게도 물어보는데, 그녀 뒤에서 소장이 주먹을 치켜들었다.

내가 소장이었어도 한 대 때리고 싶을 정도로 얄미웠다.

"풋."

그녀가 의아한 얼굴로 물었다.

"왜요? 제 말이 틀렸어요? 학생?"

"아뇨. 다른 것 때문입니다. 신경 쓰지 마세요."

세 가지 복합적인 의미의 웃음이었다.

첫째, 소장의 행동이 우스워서.

둘째, 그녀의 요구가 너무 당당해서.

그렇다. 물건을 주문할 때, 고객은 생산자의 수고를 생각하지 않는다. 그만큼의 대가를 지불하기 때문이다. 그들은 당당하다. 그리고 그래야 한다.

셋째, 한 교수 논문의 주제가 떠올라서.

새로움.

그것은 이전에 없던 것을 의미한다.

그녀의 요구 사항을 들으니 자연히 떠올랐다.

그녀의 말은 요약하면 지극히 간단했다.

'기둥 그런 거 모르니까, 벽만 움직이게 해 줘!'

이거였다.

소장이 입이 딱 벌어지는 것도 이것 때문이었고.

문제는 한 교수가 승낙을 할까 하는 것이었는데.

'흐흐, 한 교수 성격은 내가 알지.'

소재 빈곤으로 난항을 겪는 한 교수가 이런 소재를 그냥 넘길 리가 없다.

'재미있을 것 같은데?'라고 하며 달려들지 않을까?

생각을 하는 사이, 소장이 다시 그녀를 설득하고 있었다.

그녀가 갑자기 벌떡 일어섰다.

"잠깐만요. 전화 좀 받아도 돼죠?"

소장은 자존심이 많이 상한 듯했다.

원장은 전혀 신경도 쓰지 않는 듯 했지만.

'크, 전형적인 마이 페이스네.'

그녀가 전화를 받는 사이 소장에게 물었다.

"소장님, 왜 이 일을 굳이 하려고 하세요?"

우리에게 협업을 하자고 하는 것을 보면 각오가 대단한 것 같아 보였다.

"시장 동생이야."

그 한마디에 모든 것을 알 수 있었다.

'이번 연말에 시에서 하는 큰 공사가 있다고 했었지? 아마.'

그녀가 돌아왔다.

소장이 말했다.

"원장님, 조금만 양보를 하세요."

그녀는 입술을 말고 잠시 고민했다.

"그러니까 안 된다는 말씀이시죠?"

"이건 어느 사무실을 가도 마찬가지일 겁니다."

"흠, 그럼 역시. 어쩔 수가 없네."

지금까지 본 그녀의 성향상 소장에게 설득되지는 않을 테고, 그럼 다른 사무실을 찾아갈 것이다.

'이런 좋은 샘플을 놓칠 수는 없어!'

원래 소장은 청산유수에, 말이 끊이지 않을 정도로 달변가였다.

하지만 아무리 논리적으로 말해도 상대방이 일방적으로 주장을 하니, 답답해서 버벅거리는 모습을 보였다.

물론 무조건적으로 고객의 말을 들어주다가는 끝나지 않는 일이 된다.

고객의 요청에 따라 수정에 수정을 거듭하다가 결국에는 흐지부지되어버린다.

'그렇다고 무조건 불가능하다고 하면 이야기 자체가 진행이 안 되죠. 소장님.'

언제는 상대방의 입장이 되어서 말하라면서요.

하지만 지금 흥분한 소장에게는 그런 말이 통하지 않을 것이다.

오죽하면 주먹을 치켜들었을까!

"소장님, 제가 한 말씀드려도 될까요?"

"응응."

어차피 잡지 못할 고객이라면 나라도 설득해 보라는 의미일 테지.

그녀의 말에 웃었다는 사실 때문에, 그녀는 나를 탐탁지 않아 하는 것 같았다.

그녀의 눈을 보며 말했다.

"원장님, 방법이 있을 것 같기는 합니다."

"정말요?"

언제 그랬냐는 듯이 눈을 동그랗게 뜨고 내게 집중한다. 소장도 '그래?' 하면서 내게 집중했다.

'아무리 봐도 나쁜 여자는 아닌데 말이야.'

"일단 원장님이 원하시는 건, 벽을 마음대로 움직이고 싶다는 거죠?"

그녀가 소장을 흘겨보며 고개를 끄덕였다.

"이제 좀 말이 통하시는 분을 만났네요."

'안 된다'는 말만 듣다가 가능하다는 말을 들어서 그런 것이지, 내가 말을 잘해서는 아니었다.

"방법이 생각날 것 같기는 한데, 비용은 약간 늘어날지도 모릅니다."

"비용은 신경 쓰실 필요 없어요."

소장을 힐끗 쳐다보자 소장도 고개를 끄덕였다.

"맞아. 땅이 좁아서 문제인 거지."

돈이 상관없을 정도라면 땅을 구입하지 못해서 대강당 겸용으로 쓰겠다는 말은 아닌 것 같았다.

'무슨 사정이 있겠지.'

원장이 물었다.

"그럼 일단 방법은 있다는 말이죠?"

고개를 끄덕이며 답했다.

"설계안을 완성된 다음에, 다시 한 번 이야기를 나눠 보시는 건 어때요?"

자신의 말을 들어주려고 하는 내가 마음에 들었던 것인가? 그녀는 흔쾌히 승낙을 했다.

"좋아요. 그럼 시간은 얼마나 걸리죠? 사흘이면 되나요?"

'큭, 설계가 인스턴트인 줄 아시나?'

옆에서 말을 듣던 소장이 입을 떡 벌렸다.

"원장님, 무슨 번갯불에⋯⋯."

소장을 막으며 침착하게 그녀를 설득했다.

"원장님, 한 번 짓고 나면 적어도 수십 년은 갈 건물입니다."

내 말에 그녀도 가만히 고개를 끄덕였다.

"그리고 원장님의 원하시는 바는 이제껏 들어보지도 못한 아주 새로운 요구입니다. 그런 만큼 저희도 충분히 생각할 시간을 주셔야겠죠. 안 그래요?"

"알았어요. 그럼 기다릴 테니, 만족할 만한 결과만 만들어 주세요."

소장을 놀리듯이 그녀가 밝은 표정으로 말했다.

"속이 시원하네. 이렇게 말이 잘 통하니 얼마나 좋아요. 아참! 그런데 학생 아니에요?"

학생이라는 신분에 그녀의 신뢰감이 사라지려고 하자, 소장이 나에 대해 읊으며 추켜세웠다.

구조대전에서 대상을 탔고, 현재건설에서 그 설계도를 사갔다는 것까지.

그녀가 나를 보는 시선이 달라졌다.

"어머나, 정말 대단한 학생이었네. 기특해라."

그녀는 신뢰를 되찾은 얼굴로 호들갑을 떨었다.

원장이 자리에서 일어섰다.

나도 일어서며 인사를 했다.

"2주 안으로 연락을 드리도록 하죠."

그녀가 손을 내밀며 악수를 청했다.

"학생, 난 학생만 믿어요."

"최선을 다해 만족스러운 답을 찾아내겠습니다."

그녀의 손을 꼭 잡아주었다.

그녀에게 중요한 것은 책임을 져주는 사람이 아니었다. 자신의 말을 잘 들어주는 사람이었지.

소장을 보며 코웃음 치며 뒤돌아섰다.

"흥!"

그녀의 모습이 사라진 뒤, 소장이 말했다.

"야, 성훈아. 거기서 시간 약속을 해버리면 어떡하냐? 원하는 대로 안 되면 어떡하려고."

'그러니까 일부러 그런 거죠. 소장님이 대충 하다가 나가떨어질까 봐서요.'

소장은 봐서 알겠지만, 공모전처럼 기한이 걸린 일에는 목숨을 걸고 달려든다.

내가 그 모습을 한두 번 보았던가!

'보통 공모전 준비 기간은 2주면 충분하죠.'

오히려 시간이 루즈하면 진이 빠진다.

내 웃음에 소장이 얹힌 듯 가슴을 탕탕 쳤다.

"네가 책임질 거냐?"

"뭘요?"

"그 시간에 못하면 네가 책임질 거냐는 거지."

소장의 얼굴을 보며 눈을 크게 떴다.

"제가 왜요? 대표도 아닌데."

"큭, 그런데 왜 맘대로 약속을 잡은 거냐?"

"아까 소장님이 말하라고 하셨잖아요?"

"야, 그건 적당히 알아서 설득하라는 거였지."

난 뻔뻔스러운 얼굴로 말했다.

"거참, 말을 하다 보니 거기까지 가 버렸네요. 죄송해요."

한 교수 논문이 한 달 뒤다. 2주 후에는 적어도 논문의 골격을 갖추어야 한다.

이번 일을 진행하면서 한 교수 논문의 실제적인 고증이 가능할 것이다.

소장이 머리를 싸매 쥐었다.

"저 아줌마 성격에 맘에 안 들면 또 처음으로 돌아갈 텐데. 어떡하지?"

"그걸 지금부터 생각해 봐야죠. 하하."

소장과 설계로 의논을 했다.

실무자들은 어떤 문제를 제기할 것인가를 미리 알아가야 한 교수를 설득하기에 좋을 것 같았다.

"소장님, 천장에다가 롤러를 설치해서 벽을 매다는 건 어때요?"

"생각해 봤지. 하지만 조금만 옮기면 기둥에 다 걸리더군."

반대로 기둥에 맞춰서 벽을 제작하면 기둥이 없는 부분에서 구멍이 생기겠지.

기둥을 밖으로 빼면 되지 않느냐고?

가장 외측부에서는 기둥에 걸리지 않겠지만, 다시 안쪽으로 들어오면 기둥에 걸리기는 매한가지였다.

빵빵.

밖에서 고성이 들려왔다.

"아줌마, 차 빼라는 소리 안 들려?"

소장이 말했다.

"우리 김 여사님. 이제 가나 보네. 휴."

어디를 가도 티가 나는 사람이 있다.

소장에게 물었다.

"그리 강압적인 사람 같지는 않은데, 왜 그리 저자세세요? 소장님."

"휴, 말도 마라. 내가 아까 말했지. 시장 동생이라고. 이번 연말에 시에서 하는 공사가 있는데, 그거라도 따먹으려면 잘 보여야 안 되겠냐?"

'역시 그것 때문이었군.'

소장도 자신의 사정이 답답한지, 식은 지 한참 된 커피를 벌컥벌컥 들이마셨다.

"그런데 정말 방법이 있겠냐?"

"일단 해보는 거죠. 한 교수님하고 의논해 볼게요."

"그래, 교수님께 잘 부탁드린다고 말씀드리고."

"안 되면 어쩔 수 없는 거 알죠?"

만약을 위해서 방어막을 쳤다.

"안 되는 게 어디 있어? 꼭 해야만 해. 이번 연말의 공사가 달려 있다고. 쩝, 성훈아. 너만 믿는다."

"알았어요."

자리에서 일어섰다.

이제 한 교수를 설득할 시간이었다.

소장은 내게 일을 떠넘겼다고 생각해서인지, 속이 시원한 듯 보였다.

'과연 그럴까? 이제부터 시작인데.'

물론 난 이 안건에 대해 한 교수와 말을 해볼 것이다.

그것으로 끝이냐? 절대 아니지.

'한 교수와 고민한 것을 가지고 어떻게든 실시설계를 들어가라고 쫄 테니까, 그때 가서 죽는 소리나 하지 마시라고.'

내 속도 모르고 소장은 창가에서 웃음을 띤 채 손을 흔들며, 잘 가라고 배웅하고 있었다.

"교수님, 저 왔어요."

"어, 성훈이 왔냐? 새로운 거 고민 좀 해봤어?"

한 교수에게 물었다.

"교수님, 건물에 기둥은 꼭 있어야 하는 건가요?"

"당연하지! 기둥이 없이 어떻게 지붕이 있을 수 있겠어. 하다못해 내력벽이라도 있어야지."

상식의 범위에서 당연한 대답이었다.

"교수님, 기둥이 완전히 없지는 않더라도 최소화시킬 수는 있지 않을까요?"

"글쎄다. 그건 딱히 생각해 본 적이 없는걸."

그럴 필요가 없다고 생각했으니, 고민을 해본 적이 없겠지.

"교수님, 기둥이 없다면 제가 원하는 대로 공간을 넓히고 좁힐 수 있잖아요."

한 교수는 신중한 표정으로 고개를 끄덕였다.

"기둥은 지붕을 얹기 위해 불가결한 구성 요소임에는 분명하지만, 그것으로 인해 공간이 제한되는 것 또한 사실이지."

물론 기둥 그 자체로도 미적 요소가 될 수 있다.

하지만 한 번 세우고 나면 보기 싫다고 없앨 수 있는 것이 아니다. 하중의 균형이 깨어짐으로 인해, 건물 자체의 붕괴를 불러일으키기 때문이다.

법에서는 '건축물'이란 지붕과 기둥 또는 벽이 있는 공작물이라고 정의한다.

물론 기둥이나 벽 없이 지붕이 존재할 수는 없다. 중력을 무시할 수 있는 것은 없으니 말이다.

지붕만 둥둥 떠 있는 것을 본 적이 있는가?

집이란 결국 비와 바람 등의 외부 위험 요소로부터 인간을 보호하는 피난처이자 안식처이다.

위험으로부터 벗어나기 위해 집을 짓기 시작했고, 현시대에는 집이 없는 삶이란 생각하기 어려운 필수적인 요소가 되었다.

'사람의 필요에 의해 생겨난 집이, 생존의 문제를 해결한 지금은 인간의 자유를 구속하고 있지는 않은가?'

나는 거기에 의문을 던지고 있었다.

만약 기둥이 없다면 내가 가진 공간을 훨씬 더 자유롭게 사용할 수 있지 않을까?

물론 최소한, 한 개 이상의 기둥은 필요하겠지.

하지만 정육면체의 공간을 만들기 위해, 반드시 4개 혹은 그 이상의 기둥이 필요할까?

사람의 고정관념이 아닐까?

인간은 어느샌가 6m, 8m, 10m의 모듈에 길들여져 버렸다.

스스로의 한계를 지어버리고, 그것을 당연하게 여기면서 수천 년을 살아왔다.

'인류가 멸망할 때까지는 그렇게 살아가겠지.'

"한 교수님, 전 이걸 논문 주제로 삼으면 어떨까 하고 생각했거든요?"

"음, 새로워. 발상 자체는 아주 좋아. 하지만 과연 받아들여질까?"

'응? 왜 이렇게 소극적이지? 좋다고 반길 줄 알았는데?'

연구 결과라는 것이 꼭 결론을 내어야 하는 것인가? 이의를 제기하는 것은 연구가 아닐까?

"말을 해봐야, 통할지 안 통할지를 아는 거죠."

"한국이라는 사회가 그렇게 만만치 않더구나."

무슨 일이 있었던 거지?

내가 프랑스에 다녀온 사이에.

"너도 알겠지만 내가 여기서 입지가 좁아."

"당연하죠."

한 교수가 고개를 절레절레 흔든다.

"미국에서 인맥, 학맥을 이야기해도 실감을 못했는데, 실제로 당해보니까, 이거 만만치 않다."

"그러니까 더 튀게 행동해야죠."

어차피 내려갈 곳이 없는 한 교수다.

사고를 쳐도 잃을 것이 없다.

"그렇기는 한데 말이다."

"뭐가 걱정입니까?"

"진 교수가 안정적으로 가라고 하더라고, 자기 아는 인맥이 많으니까 도와주겠다고."

"그래서 논문이 그렇게 평범해진 겁니까?"

한 교수가 고개를 끄덕이며 내게 물었다.

"지금이라도 내용을 좀 수정하면 되지 않을까?"

"안·됩니다."

내 단호한 말에 한 교수는 의아한 모양이었다.

"왜?"

"글을 쓰는 사람은 한 번 썼던 글을 리메이크하면 더 좋은 글이 될 거라 생각합니다."

그렇겠지. 글쓰기의 프로이니 말이다.

잘못된 점을 고치면 더 좋아진다는 것은 상식이 아니던가!

조용히 한 교수가 고개를 끄덕였다.

"그건 자신만의 착각입니다."

어느 한 부분이 고쳐졌다고, 글 자체가 나아지지 않는다.

오히려 세계관이 함몰되어 스스로 붕괴된다.

"그러냐?"

한 교수가 글을 써봤을까?

공대생이 글을 쓰는 경우란 논문이나 리포트 외에는 거의 없다시피 하다.

리포트를 쓰는 것은 학점을 받기 위해 내가 가진 지식을 교수에게 보여주는 것이다.

설득이 필요 없다.

하지만 논문은 그것과는 성격이 다르다.

사실을 나열하는 것이 아니라, 자신의 의견이 들어가고, 그것을 상대에게 이해시켜야 한다.

그것이 성공할 경우, 잘된 논문으로 인정받는다.

매일 글을 쓰는 글쟁이도 자신의 글을 함부로 건드리지 않는데, 하물며 지금의 한 교수가 자신의 논문을 뿌리째 바꾼다?

말도 안 되는 소리다,

"교수님, 정 하고 싶으시면 1년 뒤에 다시 꺼내서 하세요. 지금은 시간 낭비일 뿐입니다."

리메이크가 잘되는 경우는 손에 꼽을 정도로 적다. 그것도 글에 통달한 사람의 경우에 한한다.

"그럴까?"

지금, 한 교수는 의기소침해 있었다.

상대에 대해서 모르면서 상대에 대해 조언을 하는 것은 잘되면 약이지만, 잘못되면 극독이다.

"진 교수가 교수님에게 일부러 그러지는 않았을 거예요."

진 교수는 저번 구조대전 때에 자신의 후배인 박 교수의 횡령 건 때문에 입지가 좁아진 상태였다.

오죽 급했으면 자신의 오른팔인 박 교수를 잘라내었을까?

'박 교수 대신 한 교수를 자기 오른팔로 삼으려고 하는 건가? 아니면 다른 꿍꿍이가 있겠지.'

어쨌거나 진심으로 한 교수를 위한 것은 아닐 것이다.

한 교수도 사정을 아니까, 내 말에 수긍했다.

"하지만 전 그 조언이 잘못되었다고 생각합니다. 교수님은 자신만의 스타일대로 가야 해요."

한 교수가 한국으로 온 지, 이제 일 년이 조금 넘었다. 내 배경으로 삼겠다고 하면서도 난 방학 때마다 해외로 나돌면서 한 교수를 케어하지 못했다.

나도 없는 상황에서 한 교수는 한국의 학계에서 살아남기 위해 나름대로 발버둥을 쳤던 모양이다.

지난 삶의 나이까지 합하면 나는 한 교수보다 나이가 훨씬 많았다.

나보다 잘난 사람이니, 어련히 알아서 할 거라는 생각만 했고, 그가 10년 뒤에 거목이 된다는 사실만을 생각했을 뿐, 이런 고민이 있을 거라는 생각을 못했다.

가장 챙겨야 할 사람을 내팽개치고 밖으로만 나돌았다.

'아이고, 김성훈. 이 바보야.'

이제 내가 대학에 남아 있을 시간은 채 일 년이 되지 않을 것이다.

왜?

4학년 때는 실습 나가야지. 학교에 있을 시간이 어디 있어? 안 그래?

그 기간 동안 한 교수라는 싹수가 있는 인재를 완전히 거목으로 세워줘야 한다.

그런데 나는 단지 시간만 앞당기면 된다고 착각하고 있었다. 이러니 바보가 아니고 뭔가?

"교수님!"

"왜?"

"지금 교수님께 필요한 것은 패기예요."

"엉?"

"예일대 철학과를 졸업하고, 건축과에 재입학했던 그 의외성! 건축과를 졸업할 때, 학계에 논란을 일으킬 걸 알면서도. 파격적인 논문을 썼던 그 패기! 또한 미국에서의 출세를 버리고 한국으로 날아온 그 무모함!"

"흥, 그렇지. 무모함이었지."

"지금의 교수님께는 그게 필요해요."

한 교수는 생각을 하는 모습이었다.

'이렇게 의기소침한데, 생각하게 하면 안 되지! 몰아붙여야지.'

"총장이 한국에 적응하라고 여기로 모셔온 거라고 생각하세요? 전 아니라고 봐요."

"그렇지. 뭔가 새 바람이 필요했겠지."

"네, 새로운 바람을 일으키다가 문제가 생기면 총장도 가만히 두고 보지는 않을 거예요. 아니, 가만히 있을 수 없게 만들어버리죠."

"크, 어떻게?"

저 여우같은 총장이 아무런 이유 없이, 그냥 한 교수가 좋아서 꼬셨을까?

'아니지. 절대 아니지.'

총장은 한 교수를 어딘가에 써먹기 위해 데리고 왔고, 그 대가로 한 교수의 미래를 바꿔 버렸다.

데리고 와줬으니, 그에게 충성을 다해야 한다?

무슨 말도 안 되는 소리를!

그건 지극히 사대주의에 입각한 동양적인 사고방식이다.

데리고 왔으면 당연히 책임을 져야지.

"총장이 데려왔으니, 그 사람에게 책임지라고 하죠. 뭐, 그게 미국적 사고방식 아니에요?"

흥분을 했던지, 나도 모르게 목소리가 높아졌다.

"교수님, 사람이 항상 잘할 수만 있겠어요? 그럼 잘할 때는 내 자식이고, 못하면 남의 새끼란 말입니까?"

한 교수가 빙긋이 웃었다.

"성훈아, 무슨 말인지 알아들었다."

그리고 나를 보며 말했다.

"사고 한번 치자. 말이 안 되는 소리면 어때? 처음부터 말이 되는 소리가 어디 있었겠어?"

아치 구조가 처음 나왔을 때, 사람들이 말이 되는 소리라고 했을까? 갈릴레이가 '지구는 돈다'라고 했을 때, 사람들이 뭐라고 했던가?

말이 안 된다고 하는 사람들의 대부분은, 해보지도 않고 그런 말을 한다.

"계란을 세울 때는 계란을 깰 용기가 필요한 법이죠."

한 교수가 또 다른 걱정을 말했다.

"하지만 실제 데이터가 없는 논문은 탁상공론에 불과해."

기둥을 없애고 집을 짓는다는 것을 본 적이 없으니, 그 데이터가 있을 리가 만무했다.

"그건 당연한 말씀이죠."

건축사 사무소에 있었던 일을 이야기해 주었다.

"논문에 필요할 정도로 충분한 데이터를 뽑아낼 수 있을까? 난 시간이 얼마 없어."

"그건 제게 맡겨주세요."

"어떻게?"

한 교수에게 씨익 웃어줬다.

'도산 소장 목을 졸라서라도, 데이터를 뽑아올 테니까요.'

하긴 소장 성격에 목이 졸릴 때까지 답을 내놓지 않을까?

일 놔두고 농땡이를 칠 사람은 절대 아니지.

'어쨌든 이제 시작이군.'

"성훈 군, 한 교수 어디 갔나?"

진 교수가 아는 척을 했지만 성훈은 별로 달갑지 않았다.

"네, 논문 자료 찾으신다면서 도서관에 가셨습니다."

"엥? 무슨 논문 자료? 필요한 건 내가 다 줬는데?"

"논문 주제를 바꾸시기로 했습니다."

"어떤 걸로?"

"기둥은 꼭 있어야 하는가? 하는 주제로요."

"어허이, 이 사람 또 무슨 헛바람이 들어서. 그냥 내가 시키는 대로만 하면 된다니까!"

그에게는 우리 주제가 터무니없는 소리로 들리는 모양이었다.

"왜 교수님은 그게 안 된다고 생각하십니까?"

"논문은 말이야, 통과 의례일 뿐이라고. 교수가 무슨 선구자인 줄 아나? 주제 넘는 짓이라고."

그렇게 말하면, 대학이 무슨 학문의 요람이냐?

연구는 왜 하냐? 연구소에서나 하라고 하지!

벙찐 표정을 짓자 진 교수가 말했다.

"교수는 가르치는 사람이야. 이미 나와 있는 것을 학생들에게 잘 전달하는 것만 해도 충분히 바쁘다고. 알기나 해?"

진 교수가 문을 쾅 닫고 나가 버렸다.

'내 오른팔로 삼아주려 했더니, 감히 주제도 모르고 내 손길을 거절해? 이런 후진 곳에 있는 교수 따위가 말이야. 지가 무슨 개척자라도 된다는 거야. 뭐야? 이런 삼류 대학에서 무슨 연구를 한단 말이야?'

생각할수록 한 교수가 괘씸해지는 진 교수였다.

50장
기둥은 꼭 있어야
하는가?(2)

나는 진 교수라는 사람에 대해서 잘 몰랐다.

그저 구조대전의 책임을 지고 교수직을 사임한 박 교수와 긴밀한 연관이 있었다는 정도였다.

구조대전이 있고 난 후, 바로 현재건설에서 연락이 오는 바람에 진 교수에 대해서 신경을 쓰지 못했었다.

'그때 손을 확실히 봤어야 하는데.'

물론 진 교수가 재빨리 박 교수를 잘라 내버린 탓에 딱히 흠잡을 것을 찾기 어려웠을지도 모른다.

'확실히 마무리를 짓지 못하니, 이런 일을 겪는 거지.'

지금은 딱히 처리할 방법이 떠오르지 않았다.

입맛이 씁쓸했다.

저렇게 월급쟁이 교수를 하려고, 그렇게 공부해서 대학에 들어오는 것인가?

매년마다 수혈되는 젊은 피들이 고작 저런 사람에게 가르침을 받는다는 사실이 안타까웠다.

'지난 삶이었다면 이런 생각도 하지 않았겠지.'

나도 진 교수와 별다를 바 없는 사람이었다.

시간이 흐를수록 지난 삶에서 보지 못했던 것이 보이고, 반면교사라는 말을 되뇌게 된다.

"형, 뭘 그렇게 쓸쓸한 표정을 짓고 계세요?"

민수였다.

경호와 함께 학생회 실을 들렀다 오는 길이었다.

"공부들 잘하고 있어?"

총무와 회계의 학업 상태를 묻는 말이었다.

"크, 선배님. 그 선배들, 울려고 하던데요?"

"쌤통이지. 자식들. 맨날 공부 안 하고 술이나 마시고 다니더니."

민수의 투덜거림도 뒤따랐다.

"공부야, 제 녀석들이 알아서 하는 거고, 여기 좀 앉아 봐라. 물어볼 게 있다."

민수와 경호가 소파에 앉았다.

진 교수에 대해서 물었다.

"선배님. 그분, 사대주의자로 유명해요."

"헐, 조선시대냐? 웬 사대주의냐?"

"그 교수님 말끝마다 'S대가 우리나라 최고 대학이고, 곧 세계 최고 대학의 반열에 들 거다'라고 말하거든요."

"정말? 그렇게 말한단 말이야?"

"아뇨. 딱 찍어서 말하지는 않는데, 뉘앙스가 그래요."

민수가 말을 보탰다.

"거의 그런 분위기예요. 저도 저번에 수업 듣는데, '현대도 계급사회다. S대를 나온 똑똑한 사람만이 상위 1%가 될 수 있다.' 뭐, 그런 뉘앙스로 말을 하더라고요."

S대생이 아닌 사람들은 누가 들어도 기분이 나쁘리라.

대한민국에 S대 졸업생이 얼마나 되겠는가?

"쯧."

다른 할 말이 없었다.

더 말을 들을 것도 없었고, 한 교수에게 참고하라며 준 논문들이 모두 S대에서 나온 것들이었다.

"S대에 알아서 기어라는 말이네. 허 참."

경호가 어깨를 으쓱이며 말했다.

"말이 그렇게 되나요?"

사대주의(事大主義)를 풀이하면, '큰 나라에게 알아서 기자'였다. 적어도 내 생각엔 그보다 나은 해석이 불가능했다.

S대에서 그 말을 했다면 자기 대학의 자긍심을 높이는 것이니, 공로패라도 받았을지 모르지만.

'여우인 줄 알았더니, 멍청이네. 상위 1%를 옹호하기 위해 나머지 99%에게 미움을 사다니.'

민수가 씁쓸한 입맛을 다시며 말했다.

"일부러 그러겠어요? 그런 사고방식이 박혀 있으니, 자연스레 그게 몸에 밴 거겠죠. 그런데 그건 왜 물어보는 거예요? 무슨 일 있었어요?"

아까 진 교수가 다녀간 이야기를 했다.

"선배님, 학회에 논문을 제출하는 것도 S대 눈치를 봐야 하는 건가요?"

"그야 S대에서 높은 자리를 차지하고 있으니, 어쩔 수 없다고 봐야지."

우리나라의 지도층을 다 그런 사람들이 차지하고 있지 않던가.

'우리나라에서는 공부 잘하는 게 벼슬이지.'

선배가 후배를 당겨주는 것은 좋은 전통이다.

다만 제 후배에게 좋은 자리를 주기 위해 다른 학교의 사람들을 걸러내는 것을 우리는 '학연'이라고 부른다. 그리고 그 후배는 선배를 위해 다시 자리를 만든다. 그래야 자신도 선배 대우를 받을 테니 말이다.

그것이 발전하여, 전관예우, 혹은 커넥션이라는 이름의 범죄가 된다. 즉 범죄가 전통이 된다.

'좁디좁은 나라에 한 다리 걸치면 다 아는 사람들일 텐데, 꼭 그렇게 해야 하나?'

내 앞의 어린 녀석들에게 이 말을 해야 하는 나 자신이 부끄러웠다.

사회의 중견이 되었으면, 그에 걸맞은 책임의식을 가져야 할 것 아닌가?

그렇게 자신의 파벌이 아닌 것을 밀쳐놓고는, 내가 잘나서 그런 것이네. 하고 자랑하는 꼴이라니. 부끄러운 줄 알아야지.

그런 몰염치한 것들이 높은 자리를 차지하고 있으니, 건축계가 썩어가고 나라를 좀먹는다.

나잇값도 못하고, 이름값도 못하고.

말을 해놓고 녀석들의 얼굴을 보니, 풀이 죽은 듯 기분이 좋지 않아 보였다.

짝.

손뼉을 치면서 녀석들의 주의를 환기시켰다.

"야, 우리가 높은 자리 차지하고, 그런 폐단을 다 내 몰아버리면 될 거 아냐! 그런 얼굴 하지 마."

쉽지는 않겠지만 누군가는 해야 할 일이었다.

경호가 물었다.

"우리가 할 수 있을까요?"

"야, 대학 가면, 그 똑똑하던 놈들도 다 멍청해져. 어느 대학이나 마찬가지야."

"하하, 그게 무슨 말이에요?"

"대학 가면 그놈들도 공부 안 하기는 매한가지라고."

IMF를 기점으로 조금 바뀌기는 했지만, 아직은 대학 졸업장이 곧 좋은 직장을 보장하던 때였다.

내가 이번 삶으로 돌아오기 전까지는 계속 상위권 대학을 위한 사교육비는 하늘을 찔렀으니, 그때도 그런 인식은 크게 바뀌지 않았으리라.

그때나 지금이나, 한국 교육의 끝은 대학 입시였다.

경호에게 물었다.

"이미 대기업 입사가 결정되어 있는데, 과연 치열하게 공부를 할까?"

"안 하겠죠?"

"당연한 거야. 토끼와 거북이 몰라? S대? 걔들이 노는 동안 우리는 공부하면 되는 거야."

한동안 이야기를 하며 결론은 내렸다.

"그런 의미에서 한 교수님의 논문이 잘되었으면 한다는 거지."

"결국 형은 공부 열심히 하자는 말이잖아요."

"응."

"크, 하여간."

"그런데 선배님. 미팅 건은 어떻게 됐습니까?"

저 눈빛 초롱거리는 거 봐라.

"중간고사 끝나면 바로 대동제잖아. 그거 끝나고 하기로 했으니까, 그렇게 알고들 있어."

"선별 인원은요?"

"걱정 마. 성적순으로 할 거니까. 아니면 특별히 눈에 띄는 것이 있다거나."

"선배님, 너무 독재하시는 거 아닙니까?"

"싫으면 공부 하지 마. 죽을 때 공부 못한 거 후회하지 말고."

"에이, 꼭 죽어보신 것처럼."

"응. 이런 말도 있잖냐? 죽어봐야 정신을 차린다고."

"경호야. 형이 하는 말은 군대 가서 죽을 고생을 했다는 말이야. 안 그럼 사람이 이렇게 변했겠어? 이 형. 별명이 뭐였는지 아냐?"

경호가 오해할까 봐 친절하게 설명하는 민수였다.

'말을 해도 믿지를 않네. 얘는 또 왜 이렇게 엉뚱한 데서 친절한데?'

진지하게 내 말에 토를 다는 민수에게 말했다.

"거기까지만 하지. 민수야."

나나 너나 딱히 내세울 만한 과거는 아니지 않니?

물론 이전 삶에서는 군대를 갔다 와서도 개날라리였다. 제 버릇 개 못 주더라. 죽기 전까지는.

'니들도 후회하지 않으려면, 살아 있을 때 죽자고 열심히 공부해.'

따르르릉.

"축제 계획 마무리해. 전화 받고 올 테니."

수화기를 들었다.

"프랭크, 오랜만이네요."

―한은? 왜 요즘은 논문을 안 보내나 해서.

"논문 주제를 바꾸기로 했어요."

우리의 속사정을 이야기해 주었다.

―그래서 그랬나 보군.

"뭐가요?"

―사실 구조 쪽이야 내 전문 분야니까, 조언에 문제가 없
었지만, 한국의 전통 건축은 문외한이 아니던가? 그래서 한
국 친구들에게 도움을 받으라고 했더니. 쯧쯧, 그런 문제가
생겼던 모양이군.

프랭크가 한숨을 내쉬며 물었다.

―그 정도로 형편없던가? 내가 보기엔 참신했는데.

"네, 외국에서는 일부 어필할 수 있을지 몰라도, 한국에서
는 안 돼요."

―으음, 그렇겠군. 자네가 그렇게 단언할 정도면.

그에게 내 말이 먹히는 건, 한 교수가 프랭크에게 내 자랑
을 엄청 했기 때문이다.

"나중에 세계로 진출을 한다고 하더라도, 한국에서 확실
히 기반을 잡아야 한다고 생각합니다."

외국에서 아무리 날고 기어도 한국에서 인정받지 못하면 한국의 기반은 없다고 봐도 무방했다.

'본진 비워두고 멀티 하는 꼴이지.'

―그래. 그게 맞아. 한도 거기서 잡으려고 노력 중이지.

기둥 없는 건축에 대한 말을 해주고, 자료가 있으면 좀 건네 달라는 말로 전화를 끊었다.

다시 자리로 돌아오니, 경호가 나를 존경스러운 눈빛으로 바라보고 있었다.

"민수야. 얘, 왜 이러니?"

민수는 멀뚱멀뚱한 눈으로 어깨를 으쓱였다.

내가 프랭크랑 통화하는 것은 민수에게 일상이었다. 민수도 영어라면 나 못지않고 말이다.

경호가 말했다.

"선배님, 영어를 진짜 잘하십니다."

"그래?"

경호가 초롱초롱한 눈으로 고개를 끄덕였다.

"그럼 공부해."

기, 승, 전, 공부.

학생의 사명은 공부.

안중근 의사께서 말씀하셨다.

"하루라도 책을 읽지 않으면 입안에 가시가 돋친다(一日不讀書口中生荊棘)."

한 교수가 돌아왔다.

"성과는 좀 있었습니까?"

"끄응. 구조 관련 서적은 미국에 비하면, 완전 쥐꼬리만큼이야. 찾는 게 일이야."

쿵.

들고 온 책들을 책상 위에 놓는 소리였다.

"아이고, 허리야. 스승님께 전화를 해봐야겠어."

"아까 전화 왔길래, 자료 좀 찾아서 보내 달라고 했습니다."

한 교수가 반개하며 물었다.

"그래? 주제 바꿨다니까 뭐래시든?"

"어설프게 승부를 하느니, 확실하게 전공 분야만 가지고 하기로 한 건 잘했다고 하셨어요. 그리고 그쪽이 조언을 해주기도 좋을 거라면서요."

한 교수가 고개를 끄덕였다.

"그 말씀도 일리가 있지."

"어쨌거나. 도산 소장도 생각할 수 있는 것은 해본 것 같아요."

천장에 롤러 다는 것을 비롯해서 생각했었던 몇 가지를 말해주었다.

"흠, 그럼 딱히 좋은 방법이 없는 거잖아. 어떡한담?"

오히려 상식이 풍부하기 때문에, 그 상식이 창조적인 것을 가로막는다.

기둥이 있는 것을 기반으로 건축을 해왔기 때문에, 기둥이 없는 것을 상상하지 못하는 것이다.

유치원 원장의 발상 자체는 뛰어나지만 우리 같은 건축 관련 종사자에게는 말이 안 되는 소리였다.

"그러니까 더 신선한 거죠. 저나 한 교수님이 그런 생각을 할 수나 있었을까요?"

한 교수가 머쓱하게 웃었다.

"생각할 수 있을 리가 없잖아. 그게 상식인데."

한참을 골머리를 싸맸지만 나오는 것은 없었다.

"롤러 같은 것은 부수적인 거라고 생각해요. 그런 것은 우리가 아니라, 기능공에게 맡겨도 방법이 나올 거예요. 그건 그분들이 전문가들이니까."

나도 현장 생활을 오래 했지만, 자질구레한 디테일에서는 현장의 기능공들을 따라갈 수 없었다.

"그렇지. 정말 그렇더라. 기숙사 현장 하면서 많이 느꼈어."

특히나 한국의 기능공들의 머리는 참으로 기발하다고 할 수 있다.

고로 우리가 생각해야 하는 것은 디테일이 아니었다.

"교수님, 우리가 생각해야 할 것은 가장 기본이 되는 것에서 어떻게 인식을 전환하는가 하는 것이죠."

형식 파괴가 이루어질 때, 발상의 전환이 이루어진다.

'문제는 알면서도 쉽지 않다는 거지.'

일을 잘못 받아온 것인가?

일이 되지 않으면 원장에게 사과하면 끝이지만, 한 교수에게는 논문이 달린 문제였다.

'생각해라. 김성훈. 제발.'

나무젓가락을 잘라서 네 귀퉁이에 세웠다.

그리고 그 위에 책을 하나 올렸다.

"뭐 하냐? 성훈아?"

"기둥을 어떻게 제거할까 고민 중입니다."

한 귀퉁이의 젓가락을 뺐다. 동시에 대각선 쪽의 책 귀퉁이를 눌러주었다.

당연한 결과겠지만 무너지지 않았다.

대각선 쪽의 나무젓가락을 빼면서, 남은 두 젓가락 쪽의 책 귀퉁이를 눌렀다.

"여기서 균형만 잘 맞으면 안 무너지는데."

한 교수는 내가 하는 모습을 지켜보고 있었다.

"성훈아, 뭔가 위태위태한걸."

"뭔가 떠오를 것 같은데, 안 떠오르네요."

머릿속엔 떠오르는데, 눈에는 보이지 않는 느낌이었다.

자리에서 벌떡 일어났다.

"성훈아. 유레카? 좋은 생각이라도 났어?"

한 교수가 기대에 찬 눈으로 나를 보고 있었다.

그는 원두커피를 엑기스처럼 뽑고 있었다.

'저 양반. 오늘 안 잘 모양이네.'

한약처럼 시커멓게 달여진 커피가 그의 잔을 채우고 있었다.

그렇지 않아도 요즘에 잠을 제대로 못 자는데, 저걸 마셨다가는 꼼짝없이 뜬 눈으로 지새워야 할 것이다.

도망쳐야겠다. 잡히면 밤샘이다.

한 잔을 더 따르기 전에 자리에서 일어났다.

"오늘은 안 되겠어요. 집에 가서 잘래요."

좀 더 맑은 정신이면, 머릿속의 흐릿함도 사라질 것이다.

일단 완성되지 않은 설계라도 건축사 사무소로 들고 가기로 했다.

차로 다리를 건넜다.

인간의 주변은 모두 건축물로 이루어져 있다.

저 건물도, 그리고 이 다리도.

'왜 꼭 건축적으로만 접근을 해야 하지?'

건축이 비바람으로부터 인간을 보호하려는 목적이라면, 토목은 그 피해를 미리 막으려는 목적이 크다.

위험을 뛰어넘어 그 위험을 극복하려는 노력 말이다.

건축은 지붕을 이용하기 위한 것이라면 토목은 땅 그 자체를 이용하려는 학문이다.

길을 닦고, 댐을 건설하며, 다리를 놓는다.

강에 다리를 설치하기 위해 교각을 수십, 수백 개씩 놓지 않는다. 오히려 개수를 최소화하려 한다.

또한 거대한 하중을 이겨내기 위해 건축과는 다른 다양한 방법들이 동원된다. 애초에 지붕이라는 한계가 없으니, 더 다양한 방법이 동원될 수 있었는지도 모른다.

'교량은 보를 수십, 수백 배 확대한 것에 불과해.'

단지 그것뿐인데, 교량과 보는 전혀 다른 모습을 보인다.

그리고 명칭과 쓰임새는 다르지만 둘의 기본 개념은 동일하다.

건축에서 보는 지붕을 올리기 위한 수단이지만, 토목에서는 보 그 자체가 목적이다. 보 위에 바로 도로가 닦인다.

건축에서는 그 보의 하부 공간을 이용하기 위한 것이니, 그 크기와 두께에 제한이 많으나, 토목에서는 그런 제한이 덜하다.

보의 상부 공간에 도로를 닦기 위함이니, 건축과는 보를 이용하고자 하는 목적 자체가 다르다.

토목에서는 보를 설치함에 있어서 더 다양한 방식이 이용된다.

보의 휨 응력을 이용한 형교, 아치에 줄을 매달거나 보를

올려 하중을 분산시킨 아치교, 케이블의 장력을 이용한 현수
교, 켄틸레버를 이용한 켄틸레버교, 사장 케이블을 이용한
사장교 등 다양한 역학적 특성을 이용한 교량들이 있다.

　그중에는 움직이는 교량들도 있다.

　선개교[1], 부교[2], 도개교[3], 수송교[4], 승개교[5] 등.

　'토목에서는 달랑 기둥 몇 개로 거대한 다리를 만드는데,
건축에서 못할 이유가 뭐가 있지?'

　굳이 건축과 토목을 구분할 이유가 내게는 없었다.

　건축사 사무소에 도착했을 때 즈음, 어제는 흐릿하게 머리
를 맴돌았던 이미지가 명확해져 있었다.

　"소장님, 제 생각에는 건축보다는 토목 쪽의 방식을 사용
해 보는 게 어떨까 하는 생각이 들어요."

　"왜 그런 생각을 한 건데?"

　"아무래도 교량 건설을 할 때는 다리를 하나라도 줄이려고
하잖아요. 안 그래요?"

---

1. 선개교[旋開橋] : 교각 위에서 다리의 바닥 일부가 수평으로 회전하여 열렸다 닫혔다 하
여 선박을 통과시키게 되어 있는 가동교(可動橋).
2. 부교[浮橋] : 교각을 사용하지 아니하고 배나 뗏목 따위를 잇대어 매고, 그 위에 널반지를
깔아서 만든 다리.
3. 도개교[跳開橋] : 큰 배가 밑으로 지나갈 수 있도록 하기 위하여 위로 열리는 구조로 만든
다리. 양쪽으로 열려 올라가는 이엽식(二葉式)과 한쪽만 올라가는 일엽식(一葉式)이 있다.
4. 수송교[輸送橋] : 매우 높은 곳에 교상을 놓은 다리. 교상에는 움직이는 하물대가 매달려
있어 사람과 차량을 운반한다.
5. 승개교[昇開橋] : 선박의 통행을 위하여 다리의 양쪽 끝에 철탑을 세워서 다리 전체를 오
르내리게 만든 다리. 교각은 건축에서의 기둥과 같다.

"그럼 성훈이, 네 생각은 현수교처럼 케이블로 기둥이 받을 하중을 대신하자, 이 말이네?"

"네, 맞아요."

소장이 손뼉을 짝 쳤다.

"오호라. 그렇게 하면 건물 내부에는 기둥이 하나도 없더라도 지붕이 유지되겠구나. 굿 아이디어!"

'정확히 이해를 했군.'

흐뭇하게 웃으며 고개를 끄덕였다.

"역시 성훈이, 네가 방법을 찾아올 줄 알았어."

"운이 좋았던 거죠."

소장이 기분이 좋은 듯 내 어깨를 두드렸다.

"그래도 용하네. 며칠 새에 그걸 다 생각하고 말이야."

하지만 교량의 공법들을 일반 건축물에 적용하는 것은 생각보다 쉽지 않았다.

익숙하지 않기 때문이리라.

"원래 기둥이 박혀야 할 자리마다 케이블을 심어서 하중을 받아줘야 한다는 건데, 위에서 보면 거미줄 같겠다. 그리고 옥상은 거의 사용이 불가능하다고 봐야 해."

내가 생각한 구조에 대한 소장의 타당한 우려였다.

기둥을 없애는 대신, 옥상을 포기해야 했다.

"옥상을 이용하기는 거의 불가능하겠죠. 하지만 이 구조라면 원장이 원하는 기둥 제거에는 문제가 없겠죠?"

"기둥을 없앤다는 일차적 목적은 완벽히 달성이 되었지. 그래도 아직 문제는 있어."

처음부터 완벽할 수는 없다.

나는 천재가 아니다. 그저 평범한 사람일 뿐이다. 아쉽지만 신은 내게 기회를 준 것이지, 능력을 준 것은 아니었다.

'이왕 주는 것, 좀 푸짐하게 줄 것이지.'

속으로 투정을 하는 사이, 소장이 말을 이었다.

"어떻게 설계가 방향을 잡을지 알 수 없는 상황에서 이 케이블들을 고정하기 위한 공간이 따로 필요할 수도 있고, 더 중요한 것은 유치원 건물처럼 안 보일 수도 있어. 오히려 케이블이 드리워져 있으면, 더 세련되어 보이지 않을까?"

소장은 생각이 다른 듯했다.

"성훈아, 유치원의 고객은 아이들이야. 애들 눈높이에 맞춰야지 않겠어?"

'아차!'

기둥을 없애는 것에만 관심을 갖는 바람에 다른 곳에 신경을 쓰지 못했다.

그런 부분에서의 소장의 배려는 믿음직스러웠다.

"그럼 일단 시공은 가능하시다는 말씀이네요."

내 설계를 쉽게 설명하자면, 허공에다가 지붕만 둥둥 띄워두는 형식이었다.

'흔들리지 않게 케이블 거치대에 다시 수평으로 케이블을 이어서 고정해야겠지.'

그렇게 되면 바람 불면 흔들리지 않느냐고?

그런 소소한 문제들은 설계 과정에서 해결될 것이다. 그리고 분명히 방법은 존재한다.

이렇게 지붕을 기준으로 해서 외부 벽체가 형성될 것이다. 그리고 내부에 벽을 설치하면 되겠지.

"소장님, 이렇게 되면 실제 시공은 시간이 덜 걸리지 않을까요?"

"그렇지. 복잡한 거푸집이 필요 없어. 그냥 평평한 바닥 거푸집 하나 만들어 놓고, 철근 배근하면 되는 거니까."

"천장 배근하면서 벽체를 만들어도 되겠죠?"

"그렇지. 엄밀히 말하면 조립식이니까, 충분히 가능해. 그리고 기능적인 부분은 우리가 알아서 처리할 테니까, 이 외부 기둥들을 얼마나 애들 눈높이에 맞출지를 생각해 줘."

"스파이더맨이 사는 집이라고 우기면 안 될까요?"

"하하. 이 친구야. 스파이더맨도 초등학생이나 돼야 통한다구."

'그럼 뽀로로가 통하는 나이인가? 예진이는 뽀로로하면 사족을 못 썼는데.'

아직 뽀로로가 나오기는 시기상조였다.

"알았어요. 그건 고민해 볼게요."

가장 큰 문제는 해결이 되었지만, 여전히 문제는 남아 있었다.

크게 꼽자면 두 가지였다.

외관을 아이들의 눈높이에 맞추는 것.

그건 구조를 감춰야 한다는 말이다. 대신 알록달록하게 색을 칠해야겠지.

그리고 실제로 현실에 맞게끔 설계를 하는 것. 그건 건축사사무소에서 알아서 할 것이다.

교수실로 들어갔더니, 진 교수가 와있었다.

"이거 봐, 한 교수. 내가 자네 생각해서 하는 말이야. 새로운 논문 같은 건 S대에 맡겨두고, 자넨 내가 시키는 대로만 하면 되는 거야."

한 교수의 미간이 꿈틀한다.

시키는 대로 하라는데, 기분 좋은 사람이 있을까?

한 교수의 화끈한 성격에 곱게 넘길 수 있을까?

'더 이상 흥분하면, 오늘 논문은 공치겠는데?'

그래서 내가 대신 앞으로 나섰다.

"진 교수님, 무슨 근거로 그렇게 말씀하십니까?"

진 교수의 당연한 듯한 설명이 이어졌다.

"성훈 군도 알잖나. 이 대학의 학생들도 논문을 쓸 때는 S
대 학생들이나 교수들의 논문을 인용한다고. 그게 무슨 말이
겠나? 다 그만큼 자료에 신뢰가 가고, 검증이 되었다는 말이
아니겠나?"

'우리 대학도 아니고, 이 대학?'

개 눈에는 똥밖에 안 보인다고.

세상 천지에 누가 그런 말을 하는가?

그럼 S대생들은 논문 쓸 때, 꼭 자기네 대학 것만을 참고
하겠네.

스스로의 틀 속에 갇혀서 무슨 연구를 한다는 말인가? 그
럴 거면 논문은 뭐 하러 쓰고?

개가 들어도 웃을 소리였다.

이런 사람이 교수를 한다는 것 자체가 이해가 되지 않을
정도로 말이다.

S대 우월의식에 슬슬 부아가 치밀었다.

"진 교수님, 우리나라가 그렇게 건축 선진국입니까?"

"그 말이 갑자기 왜 나와?"

"하도 어이가 없어서 하는 말입니다. 십 년 뒤에도 우리
나라는 미국이나 일본을 따라잡지 못합니다. 알고는 계십
니까?"

지금의 현실에 비추어 볼 때, 우리나라 건축의 미래는
굳이 타임머신을 타고 가서 확인하지 않아도 예상할 수 있

었다.

2010년에도, 15년에도 대한민국은 여전히 하청이다. 그나마도 중국에 위협을 받는다.

'누구는 편히 앉아 그림 그려서 돈 버는데, 우리는 허리도 못 펴고 땅 파가며 돈을 번다고. 그렇게 열심히 해도 그들보다 못 번다고.'

그게 왜 그런지 아냐고. 이 양반아.

가진 기술이라고는 콘크리트 만지는 기술밖에 없어서 그렇다고.

왜 우리 후배들은 그림 그려서 돈 벌면 안 되는데?

생각이 틀려먹었다.

글로벌 자유경쟁 시대에 국내에서 서열싸움이라니.

'지금처럼 제 밥그릇 챙기기도 바쁜데, 건축의 미래를 생각할 정신이 어디 있겠어? 한심한 양반들.'

속에서 천불이 끓어올랐다.

"왜 우리는 그림 그려서 돈 못 벌고, 맨날 흙 만져서 돈 벌어야 하는 건데요?"

"흥. 원래 머리가 나쁘면 손발이 고생하는 거야. 몰라?"

'허허허. 이런 정신머리 없는 양반아. 지금 그 이야기 하는 게 아니잖아! 머리? 손발?'

한 호흡 참고, 진 교수에게 물었다.

"왜 우리나라가 건축 후진국을 못 면하는지, 한 번이라도 생각해 보셨습니까?"

"뭐?"

갑자기 대들 줄은 몰랐던 모양이다.

당황한 모습이 역력했다.

"교수님처럼 우물 안 개구리 같은 생각을 하는 사람이 있기 때문입니다. 그리고 누가 S대가 우리나라 건축 최고라고 했습니까?"

"감히 어린놈이 어디서 어른한테 훈계를?"

'어른? 빡 돌게 만드네, 어른 같잖은 양아치가.'

살아온 세월로 따지면, 진 교수는 나한테 안 된다. 겨우 마흔 살을 가지고.

"지금 당신! 말 다했어?"

나도 모르게 살기가 피어올랐다.

말로 안 되니까, 나이를 내세우나?

그런 논리력을 가지고, 대학교수를 한단 말인가?

"어. 어. 성훈 군. 아무리 그래도……."

한 걸음 앞으로 다가섰다.

짜증이 나서 폭발해 버릴 것 같았다.

이런 쓰레기하고 지금껏 실랑이를 했단 말인가?

진 교수의 이마에 식은땀이 고여 있었다.

'긴장했겠지. 맞을까 봐. 그것도 어린놈한테.'

스스로 당당하다면, 자신의 말에 책임을 지는 중년이라면,

주먹이 무서워서 물러나서는 안 되는 것 아닌가?

'제 몸 하나 사리는 데는 이골이 난 인간들.'

내게는 전 학생회장이나, 눈앞의 이놈이나 별반 다를 바가 없었다.

"성훈아, 참아라."

한 교수가 나를 뒤에서 껴안았다.

노려보는 내 눈을 진 교수가 피했다.

내가 학생회를 박살 낸 건, 이젠 건축학과 누구나 아는 사실이었다.

이미 소문 다 났다.

나 김성훈이. 성질 더럽고, 고집 세다고.

'교수를 패면 학교 잘리나? 잘리면 건축을 못하나?'

그럴 리가 없잖아. 좀 귀찮기는 하겠지만.

갈등하는 내게 한 교수가 조용히 귓속말을 했다.

"나 아직 너한테 배울 거 많다. 가르칠 것도 많고. 그러니 나를 봐서 참아라. 응?"

잠시 후, 고개를 끄덕이자, 한 교수가 나를 놓고 물러났다.

한 교수가 인상 쓰며 말했다.

"진 교수님도 이만 가시죠?"

기가 죽고 싶지 않던 모양이다.

"험험, 그래도 S대가 최고란 건 변하지 않는 사실이야."

이걸 S대에서 봤다면 상패라도 줬을 텐데.

그 말에 어이가 없어서 웃었다.

"허, 그 말씀 똑같이 H대에 가서도 하실 수 있습니까?"

"허 참, 거기서 H대가 왜 나와? 감히 쨉이나 돼?"

당당한 진 교수를 보며 피식 웃었다.

"얼마 전 구조대전 할 때, 노 교수님 앞에서는 찍 소리도 못하시는 것 같아서요."

"그건……."

그때 일이 생각났는지, 진 교수의 얼굴이 홍시처럼 달아올랐다.

그를 빤히 보면서 말을 이었다.

"그리고 경남건축협회는 거의 그분 제자들이 좌지우지하는 것 같아 보였습니다만."

'어디서 감히 무조건 S대가 최고라는 말을 해!'

아무리 뛰어난 사람이라도 모든 부분에서 뛰어날 수 있을까? 학교도 마찬가지가 아닐까?

자신들이 잘하는 분야가 국민들의 관심을 받는 것도 있고, 그렇지 않은 것도 있다.

축구나 여자 핸드볼이나 다 잘한다. 그저 관심의 정도가 달라서 주목받지 못하는 것이 아닐까?

학생의 본분은 공부이니, 그 부분에서 주목받은 것을 가지고, '모든 부분에서 뛰어나다'라고 맹신하는 것은 되먹지 못한 우월의식이 아닐까?

'햐, 이 양반도 고집 세네.'

갈 생각을 하지 않고 대꾸를 하고 있지 않나?

참아줬으면 그냥 갈 일이지. 어린놈한테 기가 밀린 게, 그렇게 자존심 상하는 일인가?

나를 보며 코웃음 쳤다.

"그래 봐야 대한민국의 중요한 자리는 S대가 꽉 쥐고 있다네. 명심해."

"그럼 S대가 머리라는 말씀입니까?"

오만한 눈으로 내게 말했다.

"당연하지."

확인하듯 물었다.

"S대 말고 다른 곳은 손발입니까?"

내 의도는 모르는지, 진짜로 그렇게 믿고 있는지, 그는 고개를 끄덕였다.

"그럼 이렇게 되는 게 당연한 거겠군요?"

내 물음에 승리자의 눈으로 나를 내려다본다.

"그렇지."

"네. 머리가 나쁘니 손발이 고생하는 게 당연하죠. 훗."

나의 빈정거림을 알아들은 모양이다.

자신이 심한 모욕이나 당한 듯 이를 꽉 물었다.

"진 교수님, 머리가 나쁘면 배워야지요. 아니면 갈아 치우든지. 안 그렇습니까?"

'진 교수, 그만 가라. 이 닳겠다.'

민수가 수업에서 돌아왔다.

"형, 진 교수랑 무슨 일 있었어요?"

어제 일 때문에 무슨 말이라도 있었던가?

"있긴 했지. 왜 그러는데?"

"방금 진 교수 수업을 듣고 왔는데, 그 사람이 형 엄청나게 까던데요? 그래서 무슨 일이 있구나 했죠."

어제 진 교수와의 말다툼을 말했다.

"그래서 진 교수가 그렇게 형을 씹어 댔구나."

피식 웃으며 물었다.

"씹어 대다니? 뭐라고 하던데?"

그래도 명색이 대학교수인데, 수준 있는 말로 까지 않았겠는가?

하지만 민수의 말을 조금 달랐다.

"지난번의 구조대전은 수준이 낮았다고요. 대상을 탈 수준은 아니었다는 말도 있었구요."

그 외에도 민수는 여러 가지 말을 했지만 모두 이 말에서 파생된 비난이었다.

민수의 말에 반론을 제기했다.

"무슨 소리야? 그때의 심사위원이 H대의 노 교수님이었다고?"

강구조의 최고 권위자가 왔는데, 그 수준이 낮다니, 그건 허튼소리였다.

수준이 낮은 설계를 현재건설에서 사갈까?

"어쨌든 S대에서 인정하지 않는다는 뉘앙스였어요."

난 S대에 전혀 악감정이 없다.

누구나 들어가고 싶어 하는 대학이 아닌가?

그 재학생들은, 그리고 졸업생들은 누구나 인정하는 한국의 영재들이었다.

혹여 내가 더 어린 시절로 돌아가서, 다시 입시를 칠 수 있다고 한다면?

'당연히 들어가려고 하겠지. S대라는 타이틀만 가지고도, 사람들이 인정을 할 텐데.'

당연한 생각이었다.

물론 그의 말이 S대의 의견일 리도 없었다.

"흥. S대에서 인정하지 않는다고, 그게 가치가 없어지는 것도 아니고, S대가 우릴 경쟁자로 생각할 리도 없는데, 무슨 어이없는 소리냐?"

"S대의 생각일 리가 없죠. 진 교수 개인의 생각일 거예요."

"당연하지."

진 교수의 행동은 이해가 되지도 않았지만 심히 기분이 나빴다.

그의 말은 내가 개인적으로 좋게 생각하는 노 교수와 다른 심사위원의 권위조차도 인정하지 못하겠다는 말이었으니까.

다른 사람을 끌어내리면서 자신을 올리려고 하는 그의 행동이 혐오스러웠다.

왜냐고?

그건 상대를 존중하지 않는다는 거니까.

그 사람이 그동안 쌓아왔던 노력을 인정하지 못하겠다는 편협한 생각의 결정체이니까.

"이해가 되냐? S대 나왔다는 사람이 무슨……."

차라리 이류, 삼류대를 나와서 학벌에 대한 콤플렉스가 있다면 이해라도 하겠다.

"씁쓸하네."

민수도 고개를 끄덕였다.

"네, 저도 그 말을 들으면서 내내 그랬어요."

"다른 애들 반응은 어떻던데?"

"MT에 같이 갔었던 애들은 헛소리라고 신경 쓰지 않는데, 그렇지 않은 아이들은 믿는 눈치였어요."

'씁, 조만간 교통정리가 필요하겠네. 가급적이면 더 이상 교수들은 안 건드리려고 했는데.'

대답 없는 내게 민수가 물었다.

"형, 어떻게 할까요?"

"아무것도 하지 마. 지금 당장은."

"그럼? 그런 말도 안 되는 비난을 받고 침묵할 거란 말이에요? 형이?"

당연히 대처하지 않을 것이다. 지금 당장은.

"응."

민수가 입을 떡 벌렸다.

"진짜로요?"

"아직은 때가 아니야. 좀 더 기다려 봐."

그리고 민수에게 펜을 건넸다.

"민수야. 이거 가지고 수업에 들어가라."

저번 학생회장들을 응징할 때 사용했던 펜이었다. 녹음 기능이 있는 펜.

스마트 폰이 있었다면 좋았겠지만, 지금은 이 펜이 최고의 청취 성능을 자랑했다.

민수가 그럼 그렇지 하는 표정을 지었다.

"형. 완전히 박살 내버리시게요?"

"당연하지. 나한테만 욕을 했다면 간단하게 응징하고 말겠는데, 이건 그게 아니잖아."

나만을 욕한다면 그건 개인적인 선에서 마무리할 수 있다.

하지만 진 교수는 내 주변, 혹은 도움을 주었던 모두를 싸잡아서 비난하고 있었다.

'내 뭐가 그렇게 맘에 안 들었던 거냐?'

사람은 타인에 대해 비판도 할 수 있고, 비난도 할 수 있다.

비판과 비난의 기준은 '당사자 앞에서도 할 수 있느냐, 없느냐?'로 나눠질 수 있지 않을까?

당사자 앞에서도 대놓고 말할 수 있다면 당당하다는 것이다. 그렇지 않다면 당당하지 못한 것이겠지.

물론 욕하기 위해서 억지 논리를 관철하는 것은 논외로 친다고 해도 말이다.

하지만 과연 진 교수가 학생들에게 했던 그 말을 경남건축학회나, 혹은 노 교수 앞에서 할 수 있을까?

'아닐 거야. 그건 감정적인 비난이지, 논리적인 비판이 아니거든.'

누가 뭘 하든 나와 아무런 상관만 없다면 직접적으로 나를 거론하지만 않는다면 그것은 충분히 웃으며 넘어갈 수 있다.

하지만 나를, 내가 만들 결과물을 직접적으로 거론한다면 지금의 나를 있게 만든 내 주변의 다른 모든 사람을 낮추는 것이나 뭐가 다른가?

'단지 당신의 화를 풀기 위해서 그런 말을 한다는 건 이해도 안 되고, 용납할 생각도 없어.'

용서?

진심 어린 사과를 한다면 용서해 준다고?

'지옥에서나 후회해라.'

생각 없이 내뱉은 말들은 어린 학생들의 귀로 들어갔고,

그것은 이미 편견으로 자리 잡았을 것이다.

이미 나에 대해 생긴 고정관념은 쉽사리 지워지지 않을 것이다.

'거기에 대놓고? 용서?'

장난치나?

사람을 인격적으로 죽여 놓고, 별일 아닌 것처럼 용서를 구해?

'용서를 구하지도 않겠지만 해줄 생각도 없어.'

그 말을 뱉기 전에 결과를 예상하지 못했을까? 나이 사십이 넘은 사람이?

'정말 그렇게 생각했다면 인생을 헛살은 거지.'

여러 관점에서 봐도, 그는 내 인생에, 그리고 다른 학생들의 미래에 도움이 안 되는 사람이었다.

내가 펜을 왜 민수에게 줬냐고?

난 다시 진 교수가 비난을 하리라고 예상했다.

왜 또 그 말을 할 거라고 확신하느냐?

내가 그의 말에 감정적인 대응을 하고, 비난에 약이 올랐다면 다음의 비난은 필요가 없을 것이다.

'진 교수는 충분히 화가 풀렸을 테니까.'

하지만 내가 소 닭 보듯 한다면 진 교수는 어떤 반응을 보일까?

'비난의 강도를 높이겠지.'

비난은 산울림과 같다고 생각한다.

상대가 반응하지 않으면 스스로에게 되돌아온다.

그래서 반응을 보일 때까지 욕을 하는 법이지.

"성훈아, 들었냐?"

한 교수도 돌아오자마자 그 이야기를 꺼냈다.

"이제 진 교수 이야기는 그만해요. 지금은 굳이 내가 대응할 필요를 못 느끼겠어요. 지금도 내 일만으로 충분히 바쁘거든요."

대충 대꾸하며 보던 도면을 정리했다.

난 이미 학생회장이 되었고, 총장이 말했던 박람회를 향해 확실히 한 걸음씩 내딛고 있었다.

지금 상황에서 나를 향한 비난의 말이 나온다? 그렇다고 그걸 신경 써야 하는가?

그럴 가치가 없었다.

'이미 처리할 자신이 있는데, 신경을 쓰는 건 낭비죠. 교수님.'

"교수님, 신경 쓰지 마시고 논문이나 고민해 보시죠."

비릿하게 웃는 나를 보더니, 한 교수가 눈치를 챘는지 씨익 웃었다.

"알았다. 관심 끊으마. 적당히 해라."

그리고는 뭔가 끄적인 노트를 내밀었다.

"성훈아, 네가 말했던 유치원 안에 대해서 고민을 좀 해봤는데 말이야."

메모를 가리키며 한 교수가 말을 이었다.

"현수교 방식으로 했을 때, 안쪽으로 몰리는 하중을 감당하려면, 외부 기둥이 엄청나게 두꺼워지든지 아니면 바깥쪽으로 당겨줘야 힘의 균형이 맞는데, 밖으로 당기려면 앙카를 박아야 해. 도면을 보니, 부지가 그럴 정도로 넓지는 않은 것 같던데? 혹시 다른 생각 해둔 거라도 있냐?"

한 교수의 지적은 정확했다.

'아차.'

내 스스로 해결책을 마련했다는 것에 들떠서 사소한 부분들을 놓쳤다.

"앗, 그건 미처 생각을 못했네요."

외부로 보이는 기둥이 아무런 기능도 없이, 볼썽사납게 두꺼워져서는 미적으로도 기능적으로도 아무 쓸모없는 추물이 될 것이다.

한 교수가 담담하게 말을 이었다.

"물론 소장이 방법을 찾겠지. 하지만 그걸로 인해 무리한 설계가 될 가능성이 많아. 내가 보기엔 다른 방법을 찾는 것이 더 나아 보이는구나."

그의 말에 고개를 끄덕였다.

"그렇지 않아도 구조를 바꿀까 하면서 고민 중이었어요."

"그래? 이미 알고 있었나 보네?"

머리를 긁적이는 한 교수의 말에 고개를 저었다.

"아뇨. 그건 미처 생각을 못했던 거예요."

"그럼 왜 바꾸려고 했었는데?"

"이 도면대로 하니까 원하는 디자인이 안 나와서요."

아이들이 고객인데, 그 아이들의 시선을 훔칠 좋은 디자인이 나오지 않았던 것이다.

"어떤 디자인?"

"아이들이 눈을 뜨면 오고 싶어 하는 유치원을 만들고 싶은데, 그게 잘 안 떠올라요."

내 말에 한 교수도 고개를 끄덕였다.

"그럴 거야. 양 사이드로 세운 기둥이 너무 거대하니까, 양쪽으로 시선이 몰릴 가능성이 많아."

기둥의 메스가 크니, 뭘 한다고 해도 유치원 본원 건물로 시선을 돌리기가 어려울 것이다.

심플하면서도 동화적 상상력을 주어야 하는데, 거기서 아이들의 시선을 끌 수 없다면 이 건물의 디자인은 실패가 될 것이다.

"그래서 어떻게 변경하려고? 대안은 찾았겠지?"

한 교수는 이미 내 대답을 알고 있었다.

내 얼굴에 웃음이 걸려 있었으니까.

그가 나를 재촉했다.

"뭔데? 얼른 말해봐."

"네, 교수님. '이상한 나라의 폴'이라고 하세요?"

사실 그가 알거라고 생각하지 않았다.

내가 어릴 때 봤던 거니까.

하지만 그의 대답은 뜻밖이었다.

"당연히 알지?"

내가 도리어 놀라서 물었다.

"어떻게 그걸 아세요? 제가 그걸 봤을 때 교수님은 미국에 계셨을 텐데?"

난 솔직히 그가 '이상한 나라의 엘리스, 말하는 거 아니냐?'고 반문할 거라 예상했었다.

그는 당연한 걸 뭐하러 묻느냐며 답했다.

"내가 어릴 때 봤으니까 알지. 내가 그거 보고 요요를 샀었거든."

한 교수 어린 시절에도 방송을 했었나?

'그가 미국으로 건너갈 때가 1970 중반이니, 그전에도 했었다면 봤었겠구나.'

난 철저히 내 기준에서만 생각하고 있었다.

내 편견이었다.

그러나 내가 태어나던 시절에는 TV가 상당한 고가품이었을 텐데, TV를 가지고 있었다니.

"교수님, 집에 TV도 있으셨어요?"

"응. 우리 집 꽤 잘살았다."

그가 웃으며 자랑을 했다.

"성훈이, 너 그거 아냐? 옛날 TV는 다리가 달려 있었어."

그건 못 봤지만 상자 안에 TV가 들어가 있었던 건 기억에 남아 있었다.

70, 80년대의 TV는 상당히 귀중품이었기 때문에, 도난을 방지하기 위해서 자물쇠가 달려 있었다.

'대한민국에도 그런 시절이 있었지.'

한 교수가 나의 쓸데없는 상념을 끊었다.

"햐! 년도도 기억난다. 1977년 여름방학 때부터 매주 금요일마다 방송했었지."

그걸 기억하다니?

"기억력이 좋으시네요?"

"그럴 수밖에. 그걸 다 못 보고 미국으로 건너가는 바람에 울었던 기억이 있거든. 하하하."

그만큼 인기가 있었던 프로라는 말씀이렸다!

'지금 한 교수 또래들이 대부분 유치원에 다니는 아이가 있을 나이지.'

"그럼 버섯돌이 아시겠네요?"

한 교수가 추억을 떠올리듯 빙긋이 웃었다.

"당연히 알지! 내가 얼마나 좋아했었는데."

내가 알고 있는 지식은 아주 좁았다.

그게 내 또래만의 추억이 아니라니, 내게는 약간의 충격이었다.

한 교수가 물었다.

"그런데 그게 왜?"

"음, 버섯돌이처럼 만들려고요. 기둥을 가운데 하나만 설치하고요."

이 시대의 어린아이들이라면 버섯돌이를 알지 않을까? 혹은 알지 못한다고 해도, 부모들을 공략할 수 있을 것이다.

부모들에게는 추억이라는 이름으로 머리에 남아 있을 것이다.

한 교수가 물었다.

"큭, 추억 팔이 하는 거냐?"

그의 질문에 떳떳하게 말했다.

"그럼 뭐 어때요? 원생들만 잘 모이면 되죠. 건물의 구조미를 살릴 수 없는 상황이라면, 다른 미라도 살려서 독특함을 만들어내야죠."

"그래서 무슨 구조를 쓸 건데? 지금 얘기를 들어보니, 현수교 방식과는 완전히 다른 것 같은데? 버섯을 두 개 만들려는 건 아니지?"

"네, 기둥을 한 개만 만들 생각이에요."

"엉? 지금 상태에서 기둥을 또 줄인다고?"

"네, 현수교 방식이 아니라, 사장교 방식으로요."

"사장교?"

거대한 교량을 건너가다 보면, 기둥 하나에서 케이블이 부 챗살처럼 펼쳐져 다리를 붙잡고 있는 것이 보이는데, 그것을 사장교라고 한다.

현수교처럼 케이블의 장력을 이용한다는 면에서는 비슷하 지만, 하중의 전달 방식이 다르므로 현수교와는 구분된다.

현수교는 빨랫줄처럼 큰 케이블에 낚싯줄처럼 작은 케이 블이 내려와서 하중을 전달하므로, 기둥이 2개가 있어야 하 지만, 사장교는 한 개의 기둥만 있으면 된다는 차이가 있다.

"그럼 기둥 하나로 모든 하중을 정리하겠다는 거네?"

난 그 하나의 기둥 안에 원장실과 사무실 및 화장실을 배 치할 생각이라고 말했다.

움직여서는 안 되는 것은 고정으로 남겨두고, 원생의 교실 은 모두 유동적으로 움직일 수 있도록.

"고정되는 실들은 모두 내력벽으로 만들어버릴 거예요."

"그럼 두터운 기둥이 만들어지겠군."

"네, 보통 일반 빌딩에서도 계단실과 엘리베이터 실은 내 력벽으로 만들잖아요."

내력벽으로 만들어진 실(室)은 그 자체로 하나의 거대한 기 둥과 같은 역할을 한다.

건물의 자체 하중과 횡하중을 지탱하는 버팀목 노릇을 한다.

"성훈아, 벽을 밀고 강당을 최대한 크게 만들려면 원장실들이 약간 한쪽으로 치우쳐야 할 것 같은데? 내 말이 맞지?"

"네, 맞아요. 약간 한쪽으로 치우치는 모양이 될 거에요. 버섯도 그런 버섯들 많잖아요."

"안 될 이유는 없지. 계산만 정확하다면 말이야."

"하지만 그 걸로는 부족하죠."

"또 뭐가 필요한데."

한 교수의 물음에 빙긋이 웃으며, 스케치북에 그림을 그렸다.

"아기들이 오고 싶어 하는 유치원을 만들려고 하면 어떻게 해야 할까요?"

한 교수의 눈이 내 스케치북에 꽂혔다.

민수와 경호를 불러놓고 학생회 안건을 논의하고 있었다.

따르르릉.

"경호야, 전화 받아봐."

이제 경호를 아예 내 비서처럼 부리고 있었다.

학과 내에서의 위상도 많이 바뀌었다.

물론 학생회장이 된 것도 있지만, MT에서의 활약 때문에

용감한 시민상을 받았기 때문이다.

경찰서장과 사진 몇 장을 찍은 것뿐이었다.

별로 중요하지 않은 해프닝이었지만, 그래도 사람들의 주목을 받기에는 충분했다.

"네, 선배님."

경호가 부리나케 한 교수 책상으로 달려갔다.

그리고 수화기를 집어 들고는 인상을 찌푸렸다.

"선배님, 영어로 뭐라고 하는데, 하나도 못 알아듣겠습니다."

민수에게 받으라고 했다.

민수가 울상을 지었다.

"형, 영어로 전화 올 사람, 한 분밖에 없어요."

"왜? 너 영어 잘하잖아?"

"그게……. 프랭크는 전문 용어가 너무 많아서 대화가 어려워요. 형이 받으세요."

"이 양반은 잠도 없나?"

지금 미국이면 새벽 3, 4시일 터. 투덜거리며 수화기를 넘겨받았다.

"왜요, 스승님?"

프랭크는 흥분된 목소리였다.

─이렇게 방향을 틀어도 되는 거냐? 저번 논문과는 완전히 다른데?

통화는 수없이 했었고, 사우디에서는 직접 만나 보기까지 했으니, 어색함이 전혀 없었다.

나이가 무색하리만치 쾌활하고 능글맞은 노인이 아니던가!

"프랭크, 이전 논문과 비교하면 어때요?"

ㅡ흐흐흐. 왜 이것만 보냈냐? 다음 페이지 달라고 전화했지. 얼른 다음 페이지를 넘겨!

'흐흐흐. 프랭크의 반응이 이 정도라면…….'

"아직 덜 썼어요."

프랭크가 다급히 말했다.

ㅡ다음 페이지는 언제 나오는데?

"몰라요. 해봐야 알죠."

ㅡ이거 승원 말고 대화하는 사람이 너지?

"당연하죠."

ㅡ흐흐흐. 재미있던데. 벌써부터 다음 페이지가 기대돼!

나와 한 교수는 논문의 내용도 바꾸었지만, 그 형식 또한 지금과는 다른 방식을 사용했다.

그건 바로 대화체를 사용하는 것이었다.

한 교수가 대화 형식의 논문을 제시하는 내게 물었다.

'성훈아, 이렇게 형식을 바꿔도 되는 거냐?'

그의 질문에 나는 무슨 상관이냐고 했다.

논문을 써보지 못한 나의 무지의 소치이기도 하지만, 하여간 나는 이렇게 대답했었다.

"영화는 재밌으면 되고, 글은 술술 읽히면 돼요."

논문이라고 별다르랴.

종이에 적힌 건 다 글이다.

"공자의 〈논어〉도 대화체로 되어있고, 성경의 4대 복음도 예수님과 제자들의 대화를 적은 거잖아요? 그렇죠?"

내 말에 한 교수가 고개를 끄덕였다.

만약 논어나 성경이 구구절절 설명식의 글로 되어 있었다면, 누가 읽기나 했겠는가? 읽을 수 없는 책은 전승되지 못한다. 박물관에 처박히지.

'그렇게 재밌게 구성되어 있어도, 보고 있으면 졸리는 것이 고전(古典)이라고.'

글은 보는 사람을 위해 쓰여야 한다.

그 목적이 남에게 보여주기 위한 거라면 더더욱 그러하다.

"교수님, 가격 파괴가 판을 치고, 형식 파괴가 세상을 주름잡고 있어요. 논문이라고 그러지 말라는 법이 어디 있어요?"

한글로 쓰여 있어도 해석이 필요한 것이 논문이다.

일부 지식인들이 자신들만 보기 편하도록, 혹은 항상 그렇게 해왔으니까, 그 방식을 따르는 것뿐인 것은 아닐까?

왜 아무도 의문을 제기하지 않을까?

논문을 일반인들이 읽어서는 안 되는 것일까?

논문은 일반 독자들에게 왜 그렇게 불친절한가?

그렇게 나는 한 교수를 납득시켰다.

한 교수가 말했었다.

"한번 해보자. 읽기 어려운 논문, 읽기 편하게 변화를 시도했다고 퇴짜를 놓지는 않겠지.'

그렇게 우리는 논문의 형식을 일부 파괴했고, 우리 논문에 대해서 프랭크는 재미있다고 평한 것이다.

우리의 우려를 불식시킨 것이 아니고 뭐겠는가?

'흐흐. 우리 논문, 베스트셀러 되는 거 아냐?'

뜬금없는 생각에 실없는 웃음이 나왔다.

―성훈, 알리 왕자에게서 연락 왔었어?

"네, 연락받았어요. 제 디자인이 사우디의 왕가문장이 되었다고 하더군요."

―야! 이제 성훈이 나보다 유명인이 되겠는걸. 잘 보여야겠어.

프랭크는 유쾌한 사람이었다. 스스럼없이 내게 농담을 던지며, 친근감을 표시했다.

"설마요. 프랭크 당신만 하기야 하겠어요?"

−그래도 대단한 거야. 세계의 돈이 모두 모여 있는 곳이 거기라고. 난 알리 왕자하고 친해지려고 무려 10년이나 작업을 걸었다네. 그래서 겨우 투자를 받아냈는데, 자넨…… 정말 대단하군.

곰곰이 기억해 보면 알리와 내가 함께 보낸 시간은 채 하루가 되지 못했었다.

'크, 정말 짧았네.'

그럼에도 불구하고, 알리도 나도 서로를 생각하는 마음은 깊었다.

"크크크. 저한테 앞으로 잘 보이세요. 혹시 알아요? 알리한테 스승님께 더 투자하라고 슬쩍 권할지."

−큭큭큭, 그래야겠군. 이번에 일본 심포지엄에 참가할 때는 필히 자네들에게 들렀다 가야겠어.

"제가 가이드하겠습니다. 스승님."

−알았어. 기대하지.

끊기 직전에 프랭크가 강조했다.

−논문 나오는 대로 바로 보내라고. 알았지? 내가 첫 번째 독자라고.

전화를 끊고 자리로 돌아왔다.

"형, 프랭크가 뭐래요?"

"이번 논문이 재미있다던데?"

민수가 흐뭇한 웃음을 지었다.

"그래요. 제가 봐도 읽기 쉽고, 재미있더라고요."

민수는 내가 없을 때, 영어로 번역하는 작업을 했기 때문에 논문의 내용을 알고 있었다.

"형, 하지만 논문 심사하는 사람들은 뭐라고 하지 않을까요? 고리타분한 사람들이 심사를 하게 될 텐데 말이죠."

"하라고 하지 뭐. 정 뭐라고 하면 출판해 버리지."

교수직을 계속하기 위해서 논문을 제출하기만 하면 된다. 내용이야 특출한 게 있으랴? 거기서 거기겠지.

"매번 새로 워야 하고 파격적이어야 한다는 조건이 붙었다면, 우리나라는 파격적인 논문이 차고 넘치겠지."

민수와 경호가 고개를 끄덕였다.

"하지만 그렇지 않지?"

녀석들의 반응은 여전히 묵묵부답이었다.

"그건 아무도 안 본다는 거야. 그 담당자 외에는. 딱히 파격적이거나 재미가 없으면 말이야."

아니면 이슈가 된다거나.

어차피 대다수의 교수가 제출하는 논문은 형식적이다. 교수직을 유지하기 위한 형식.

국민들 아무도 신경 쓰지 않는다.

대다수의 한국인은 부동산에는 관심이 많다.

그러나 정작 건축과 건설에는 무관심하다.

사실이다.

내가 내민 몇 장의 그림을 보던 소장이 물었다.

"성훈아, 이거 출입구를 왜 이렇게 해놨냐?"

"왜요? 맘에 안 드세요?"

"맘에 들고 안 들고를 떠나서. 현관문을 거쳐서 교실로 들어가는 형태가 되어야지. 이게 뭐냐?"

소장은 외벽에서 바로 바깥으로 나가는 문을 보고 하는 말이었다.

"이게 왜 어때서요?"

유치원은 아이들의 놀이터다.

"이러면 교사들이 애들 관리하기 힘들 텐데?"

아이들의 동선이 다양해지면 관리하기 힘들어지는 것은 당연한 이치였다.

그러나 내가 생각하는 유치원의 고객은 어린아이들이었다. 그런 고객들이 건물 밖 놀이터에서 신나게 놀다가 교실로 들어올 때는 반드시 현관을 거쳐야만 하는가?

왜?

유치원이 군대인가? 규칙을 강요하게?

고용주가 돈을 내면서도, 그 돈을 받는 고용인의 편리를 위해 움직여주어야 하는 이유는 무엇인가?

놀이터에서 놀다가 교실에서 선생님이 부르면 바로 들어가면 안 되는 것인가? 부르는 선생도 현관으로 나올 필요가 없으니 좋지 않은가? 무슨 일이 생겼을 때, 동선이 짧으니 더 낫지 않은가?

이유는 수천 가지를 댈 수 있지만, 소장의 말 기저에 깔린 것은 다른 건물들처럼 평범하지 않다는 것이었다.

아니, 기존 건물과 다르다는 것이었다.

'이미 충분히 다른 건물과 다르다고요.'

구조의 출발 자체가 다름에도 불구하고, 외양만은 다른 건물과 비슷하기를 바라는 것인가?

한편으로는 이런 걱정도 들었다.

'과연 내가 말로 소장을 설득할 수 있을까?'

내 초등학교 때는 복도 없는 교실이 흔했다.

단층짜리 건물인데 굳이 현관으로 들어가서 교실로 들어갈 이유가 뭔가?

10년 전에는 평범했던 것들이 이제는 평범하지 않게 되었다.

아니, 기억조차도 못하게 되었다.

"물론 선생님들이 불편한 점은 있겠죠."

"그럼 이렇게 하면 안 되는 거지?"

소장의 말에 반론을 제기했다.

"소장님, 이 건물이 아이들을 위한 것인가요? 아니면 유치원 신생님을 위한 것인가요?"

소장의 얼굴이 약간 홍조를 띠었다.

그도 이미 알고 있는 것이다.

"큼, 그래도 우리한테 돈 주는 건 원장이라고."

건축주의 요구에는 맞을지 모르지만 그 건물의 정체성은 상실한 것이 아닐까?

정체성을 상실하는 순간, 유치원(幼稚園)이 아니라 탁아소(託兒所)가 된다.

비슷한 말로 들리지만, 그 어감은 천지 차이다.

그리고 그 안에 내포된 의미는 더더욱 다르다.

'내 아이를 맡아달라고 부탁하는 사람은 없다고요. 교육을 시키러 오는 거지.'

그의 생각을 이해는 하지만 납득할 수는 없었다.

'자기 아이를 닭장 같은 곳에 보내서 교육을 시키고 싶은 사람이 있을까? 그래 봐야 닭대가리밖에 더 되겠어?'

관리가 어려우면 관리할 수 있는 인원만큼만 받아들이면 되는 거 아니야?

능력 이상을 받아들이게 되니, 선생은 힘에 부치고, 불만이 생겨나는 게 아닐까?

'나도 애 키워봤다고. 3, 4살 또래의 아이들이 얼마나 말을 안 듣는지도 알고.'

소장은 효율성을 말하고 있었다.

"소장님, 그건 전제가 잘못되었어요."

"뭐가?"

"효율성을 이용자가 아닌, 관리자에게 맞추는 것부터가 주객이 전도된 거라고요."

소장이 말한 것은 애초의 목적성은 상실한 채, 갑의 비위를 맞추려는 저급한 효율성이었다.

하지만 이해한다.

우리나라에 갑으로부터 그리고, 돈으로부터 온전히 자유로울 수 있는 사람이 얼마나 될 것인가?

'소장에게 이성적인 설득은 불가능할 테지.'

그에게 말했다.

"소장님, 어쩌면 이 아이들에게 인생의 가장 행복한 시기는 이때인지도 몰라요."

"그게 무슨 소리야?"

"이제 초등학교에 들어가고, 중학교로 진학을 하게 되면, 무한 경쟁 사회로 들어가게 된다고요."

"어쩔 수 없잖아. 다들 그렇게 사는걸."

아이들의 미래를 말할 때, 아름답다고 말한다.

하지만 현실은 지옥문과 다를 바가 없어 보였다.

인간의 가장 행복한 시기는 철이 들기 전이 아닐까? 그나마도 그 시기는 사회가 발전할수록 짧아지고 있다.

30년 뒤의 아이들은 태어날 때부터 경쟁을 시작할지도 모른다. 어쩌면 태어나고 싶지 않을지도.

인생의 단 한 번뿐인 시절조차도 자유로울 수 없다는 말인가? 그것이 인권유린이 아니고 뭔가?

적어도 내 생각은 그랬다.

'현관문 하나로 뭘 그렇게 확대해석하냐고?'

자유란 구속으로부터 벗어난 상태이다.

하나의 구속이라도 벗어던지면, 그만큼 더 자유로워지는 것 아닌가?

어차피 절대적 자유가 불가능하다면, 상대적 자유라도 고수해야 하는 것 아닐까?

소장에게 물었다.

"소장님, 어릴 때는 뭐하고 노셨어요?"

"응?"

잠시 생각하던 그가 말했다.

"숲이나 들로 뛰어다니면서 놀았지. 노루도 잡으러 다녔었네."

그가 말하는 숲이 빌딩 숲은 아닐 것이다.

말 그대로 숲이다.

"서리는 안 하셨어요?"

"왜 안 했겠어? 널린 게 수박 밭이고, 과수원이었는데?"

"그때, 소장님의 삶에 규칙이 있었어요?"

"어른들 다 일하기 바쁜데, 규칙은 무슨?"

그 말을 하며 소장이 나를 이상한 놈 보듯 나를 위아래로 훑었다. 너도 뻔히 알 텐데, 무슨 소리냐는 의미였다.

어린 시절 우리는 자유로웠다.

다른 질문을 던졌다.

"공부는 언제부터 하셨어요?"

"국민학교 졸업하면서부터인가? 그건 왜?"

"요즘 아이들은 초등학교에서부터 경쟁이 시작돼요. 어쩌면 규칙 없이 놀 수 있는 시기는 유치원 시기뿐이라고요."

이 말도 울산이 지방이니까 통하는 것이다.

서울이었다면 벌써 한 달에 수백만 원짜리 유치원이 생길 때이니, 씨알이나 먹혔을까?

"전 이때만이라도, 애들이 자유롭게 놀았으면 해요. 그리고 그게 제가 잡은 이 유치원의 콘셉트(Concept. 개념)예요"

보통 콘셉트는 맨 처음 설계를 시작하는 단계에서 잡지만, 이 경우에는 하다가 생겨났다.

물론 소장도 나름대로의 콘셉트를 잡았겠지만, 그건 클라이언트를 낚기 위한 번지르르한 콘셉트이지, 진정한 의미의 콘셉트는 아닐 것이다.

'소장은 디자이너라기보다는 장사꾼이거든.'

그는 구매자가 어떤 말에 혹하는지를 너무나 잘 아는 사업가였다. 그런 그에게 콘셉트란, 고객의 마음을 잡기 위한 도

구일 뿐이었다.

세상은 나날이 발전한다.

어제보다 더 좋은 기계가 나오고, 사용하기 편리한 제품이 등장한다.

우리의 삶은 나아졌다고 확신할 수 있을까?

그렇다면 우리의 드라마는 항상 미래를 지향하는 SF로 판쳐야 하는 것이 옳지 않을까?

그러나 10년만 시간이 흐르면, 복고풍의 드라마가 트렌디한 옷을 입고 나타나 한국을 강타한다.

일명 '응답하라 시리즈.'

휴대폰 없이, 컴퓨터 없이 살았던 시절의 이야기.

건축 기술은 발전하고, 정보를 얻기는 쉬워졌지만, 그와 반대로 인간의 삶은 메말라간다.

'건축이란 인간의 삶을 담는 그릇이라고.'

내가 설계하고 짓는 이 건물에 한 아이의 삶이 담긴다.

이 건물을 아이는 어떤 곳으로 기억할까?

그 아이의 삶에는 어떤 모습으로 각인될까?

소장에게 말했다.

"전 이 유치원이 그 아이들의 인생에 있어서 가장 행복했던 기억으로 남기고 싶어요."

씁쓸하게 추억을 삼키던 소장이 승복했다.

"쩝, 알았다. 일단 내밀어나 보지. 대신 김 여사가 싫다고 하면 그걸로 끝나는 거다. 알았지?"

고개를 끄덕였다.

이성으로 설득할 수 없다면, 감정을 건드려 보는 수밖에.

의외로 그것이 먹혔다.

'그럼 이제 김 여사만 설득하면 되는 건가?'

51장
기둥은 꼭 있어야
하는가?(3)

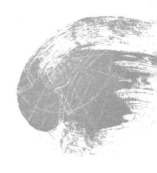

소장이 우리 설계안의 브리핑을 끝냈다.

우리는 이 설계의 클라이언트인 원장의 눈치를 슬며시 살폈다.

어차피 그녀가 만족하지 못하면 말짱 도루묵이었으니까.

그녀는 티내지 않았지만 뭔가 뚱한 얼굴이었다.

불만족이라는 느낌을 내뿜고 있었다.

소장이 말을 걸었다.

"원장님, 무슨 문제라도 있나요?"

"고생이 많으셨네요."

형식적인 말로 우리에게 감사의 말을 건넸다.

소장이 내게 눈짓했다.

왜 그런지 알아보라는 눈빛이었다.

원장 모르게 인상을 쓰는 것으로 보아, 소장도 대하기 어려워하는 것 같았다.

아니면 짜증이 났다든지.

작게 한숨을 내쉬며 그녀에게 물었다.

"원장님, 마음에 안 드시는 게 있으면 말씀을 해주세요."

어차피 그녀 혼자서 생각을 해봐야 해결될 것도 아니었다.

생각이 많으면 배가 산으로 가는 법이다.

조곤조곤히 그녀를 설득했다.

"원장님, 우리는 원장님의 문제를 해결하기 위해 모인 사람들입니다. 돈을 내고 원하는 것을 얻는데, 전혀 미안해할 필요가 없어요."

내가 아는 원장은 나쁜 사람이 아니었다.

경우에 밝지 않아 제 의견이 억지라는 것을 모르는 것이 문제이지, 갑질을 하는 사람도 아니었다.

"당신들이 고생한 건 저도 알아요. 제가 말씀드렸던 벽 문제는 확실히 해결이 되었어요."

"그런데요?"

"딱히 맘에 안 드는 건 없어요. 그림도 이해하기 좋게 잘 그리셨고, 어차피 도면은 제가 봐도 모르니까요."

묵묵히 그녀에게 계속 말하라고 했다.

'지금 시원하게 풀지 못하면 어차피 마음에 계속 남을 거

고. 나중에라도 불거져 나오겠지.'

이 경우에는 속 시원하게 말하는 게 답이었다.

무조건 풀고 가야 했다.

"딱히 마음에 안 드는 것은 없는데, 그렇다고 딱히 마음에 드는 것도 없다는 말씀이시네요?"

그녀가 미안한 표정으로 고개를 끄덕였다.

"맞아요."

"그런데, 뭔가 말로 하기는 애매하다는 말씀이시죠?"

그녀가 생각하는 유치원과는 좀 이미지가 멀다는 말이겠지.

그녀가 딱히 원하는 이미지가 있었다면 그것을 설명할 수 있겠지만, 그녀가 애초에 원했던 것은 벽을 움직일 수 있게 해달라는 것뿐이었다.

건축가를 찾아오는 대부분의 사람이 그러하다.

원하는 바는 있는데, 자신이 정확히 뭘 원하는지를 모르는 것이다.

그게 당연한 거였다.

정확히 알았다면 도면을 그려서 왔겠지.

그리고 지금처럼 추상적인 이미지와 관련된 경우에는 더 심했다.

원장이 고개를 주억거렸다.

"성훈 씨 말이 딱이네. 설명하기가 어려워요."

원장은 미간을 찌푸리며 말을 이었다.

"휴, 제가 그림을 그릴 수 있다면 설명할 수 있을 것 같은데."

굉장히 아쉬워하는 모습이었다.

머리에 아무리 좋은 생각이 있어도 그것을 설명할 수 없다면, 그건 공염불과 다를 바가 없다.

한숨 쉬는 그녀에게 말했다.

"말씀만 하세요. 그림은 제가 그릴게요."

그녀가 미심쩍은 듯이 물었다.

"그게 가능해요?"

그림을 그리는 사람과 그렇지 않은 사람의 생각 차이다.

나처럼 그림을 그리는 사람은 다른 사람의 생각도 충분히 표현할 수 있다고 생각한다.

그 반대의 경우에는 불가능하다고 생각하기 때문에 시도 자체를 하지 않는다.

망설이는 그녀를 소장이 부추겼다.

"그런 걱정은 하지도 마십시오. 원장님, 성훈이 이 친구가 그림을 얼마나 잘 그리는지 보시면 깜짝 놀라실 겁니다."

이미 그는 나와 공모전을 하면서, 내 그림 실력에 놀란 적이 있었다.

성훈의 그림은 거의 동시통역과 같은 수준이라는 것을 아니까.

말하는 순간 이미 그림으로 나타나 있을 것이다.

"제가 설명을 잘 못해도 비웃지는 마세요."

그녀는 수줍게 우리에게 다짐을 받았다.

문득 뇌리를 스쳐 가는 생각이 있었다.

'그녀의 불확실한 이미지를 끄집어내는 것이 빠를까? 아니면 그녀의 맘에 들 만한 이미지를 제시하는 것이 빠를까?'

말을 하려 하는 그녀를 앞질러 질문을 던졌다.

"원장님, 제가 먼저 여쭤 봐도 될까요?"

모로 가도 서울만 가면 된다.

그녀를 만족시키기만 하면 되는 것 아니던가?

그녀의 상상력이 지금 유행하는 것보다 더 뛰어나지는 않을 것이며, 또한 지금 유행하는 것을 디자인하는 것은 위험 부담도 적다.

"뭔데요?"

"원장님, 제가 잘 몰라서 그런데, 요즘 유행하는 유아용 프로에는 어떤 것이 있나요?"

뽀로로 같은 것을 제안할 수도 있지만, 그것이 나온 시기를 나는 정확히 모르고 있었다.

정확한 시기도 모르는 것을 함부로 말하기는 위험했다.

"음, 요즘은 텔레토비가 유행이에요."

그쪽 계통의 사람답게 알고 있었다.

나도 문득 머리에 텔레토비가 떠올랐다.

지난 삶이 있었기에 아는 것이었다. 지금의 나였다면 제대로 TV를 볼 틈도 없이 바쁘게 살고 있었으니, 텔레토비 같은 유아용 프로그램은 절대 알 수 없었을 것이다.

'휴, 미래의 흐름을 알면 뭐하나. 정확하지도 않고, 지금 그 흐름이 어디까지 와 있는지도 정확하게 모르니까, 쓸모가 없잖아. 사회의 흐름에 좀 더 관심을 가져야겠어.'

내 장점을 최대한 이용하려면 그 수밖에 없었다.

"음, 그렇군요."

소장이 무슨 소리냐며 나를 쿡쿡 찔렀다.

한동안 한국을 강타한 프로그램이었다.

개그 프로에서도 그 인형 탈을 쓰고 패러디한 것이 있을 정도였다.

하지만 소장은 그걸 모르고 있었다. 작게 말했다.

"애기들이 좋아하는 프로그램이 있어요."

소장이 머쓱하게 뒤통수를 긁적이며 속삭였다.

"난 뉴스하고 경제란밖에 안 보거든."

우리 둘 모두 모른다고 생각했던지, 원장이 실망하는 모습이었다.

"원장님, 제가 알아요. 계속 말씀하세요."

이미 내 손은 종이 위에 텔레토비를 그리고 있었다. 그걸 보여줬다.

"이거 말씀하시는 것 맞죠?"

그녀가 환하게 웃으며 고개를 끄덕였다.

원장에게 물었다.

"유치원에 텔레토비를 넣으면 어떨까요?"

"그럴 수 있나요?"

그녀의 목소리가 한 톤 올라갔다.

이미 그녀의 생각은 텔레토비에 꽂힌 것인가?

'그렇다면 다른 생각을 못하게 만들어야지.'

그녀에게 내 그림을 가리키면서 말했다.

"이 버섯 머리를 텔레토비들이 노는 동산으로 만들어버리면 되죠. 언덕 몇 개 더 그리고…….."

"어머나, 그러면 되겠군요."

설명을 하면서 계속 그림을 그렸다.

그녀의 시선은 계속 내 손끝에 머물렀다.

텔레토비라.

내 머리에 떠오르는 이미지는 동산에서 뛰노는 머리 큰 캐릭터들이었다.

'물론 태양도 있지.'

그녀의 생각을 바로 그림으로 구현했다.

물론 색깔도 덧칠하면서 말이다.

"어머! 어머!"

그녀에게는 자신이 말하는 것이 바로 그림으로 그려질 수 있다는 게 신기한 일인 듯했다.

그녀가 입을 가리면서 눈을 동그랗게 떴다.

"어머, 어떻게 금방 그렇게 그림을 그려요?"

그녀에게 대답 대신 씨익 웃어줬다.

'몰라서 그랬던 거지, 알면 일도 아닙니다.'

몇 개의 언덕을 그리면서, 그 위에 텔레토비들이 뛰노는 모습을 그려 넣었다.

"원장님, 이 언덕에서 선생님들이 텔레토비 탈을 쓰고 수업을 하는 건 어때요?"

원장이 박수까지 치면서 환하게 웃었다.

"어머나, 어떻게 그런 생각을 하실 수가 있죠?"

"그렇게 하면 아이들이 TV에 있는 친구들과 노는 느낌이 들 것 같아서 해본 말이에요."

누가 될지 모르지만 여름에 근무하는 선생님은 죽었다고 생각하자 피식 웃음이 나왔다.

아이들이 좋아하는 것은 당연하지 않을까?

TV에 나오는 친구들과 같이 놀 수 있다고 생각하면 얼마나 가슴이 두근거릴까?

적어도 아이들에게는.

마치 슈퍼모델이 브라운관에서 걸어 나와 내 손을 잡아주는 그런 느낌이 아닐까? 물론 아이들의 경우에는 좀 더 순수한 스킨십이겠지만.

버섯 형상으로 하나만 올라왔던 언덕이 사라지고, 세 개의 언덕이 생겼다.

'쓸모가 없을 거라고 생각했던 옥상이 가장 쓸모가 있게 되었네?'

나도 모르게 웃음이 나왔다.

그림을 그녀가 보기 좋게 앞으로 내밀었다.

"텔레토비들이 이런 곳에서 놀죠? 아마?"

내가 알고는 있다고 해도, 정확하지는 않을 것이다. 관심을 가져본 적이 없던 분야였으니, 그녀의 확인이 필요했다.

"네, 맞아요."

그림을 그리면서 이런 생각이 들었다.

'유아들이 원하는 건 슈퍼맨 같은 능력자가 아니라 친구들일 거야.'

아이들의 시선에 맞춘다고 하면서도 정작 나는 그들의 시선을 생각하지 못했다.

'이 시절에 이상한 나라 폴이라니!'

한심하게도, 나는 아이들의 유행을 전혀 몰랐다.

'왜 난 그 생각을 하지 못했을까? 아침 시간에 TV를 조금만 봤어도 알 수 있는 거였는데.'

아쉬웠다.

유아들을 고객으로 생각한다고 하면서도, 내 생각만을 고집하고 있었다.

고개를 끄덕이는 원장에게 말을 이었다.

"여기서 한 단계 더 나가시죠?"

"어떻게요?"

"아예 유치원 자체를 놀이동산으로 만들어버리죠?"

내 말에 그녀가 고개를 갸웃거렸다.

"여기 버섯 머리에 하얀 원이 칠해져 있죠?"

그림에는 아직도 버섯돌이 머리의 하얀 원들이 남아 있었다.

"그러게요. 그 원들은 왜 안 지우신 거예요?

"여기에 구멍을 뚫어서 아이들에게 거대한 정글짐을 만들어주는 건 어떨까요? 여기서부터 이렇게……."

버섯머리 원에 입체감을 입혔다.

무늬로만 존재하던 흰 원이 구멍이 되었다.

"미끄럼틀 입구를 만드는 겁니다. 이 미끄럼틀은 그대로 1층 바닥까지 이어지는 겁니다."

"엥? 미끄럼틀이요?"

난 미끄럼틀의 스케일을 좀 더 키웠다.

"원장님, 미끄럼틀을 타면서 너무 짧아서 아쉬워한 적 없으세요?"

"당연히 있지. 왜 없겠어요?"

놀이공원의 슬라이드들이 왜 날이 갈수록 길어지겠는가?

아쉬움을 느끼지 않기 위함이 아닐까? 조금 더 스릴을 즐길 시간을 늘리려고 말이다.

지금 내가 설계한 미끄럼틀은 총 길이가 10미터가 넘는다.

아이들에게는 충분한 길지 않을까?

그리고 그 숫자도 몇 개나 된다.

그만큼 즐거운 시간도 길어질 것이다.

'이런데, 애들이 유치원 가기 싫다는 말을 할까?'

하루하루가 즐겁지 않을까?

"성훈 씨, 혹시 위험하지는 않을까요?"

그녀는 좋은 생각임을 인정하면서도 우려를 표했다.

'위험하다고 생각되면 안전장치를 해주면 되지.'

"이렇게 둥근 뚜껑을 씌우면 됩니다. 그냥 하면 재미가 없으니까, 투명한 뚜껑을 씌우면 되겠죠."

원장이 고개를 끄덕였다.

"비가 와도 걱정 없이 미끄럼틀을 탈 수 있겠네요?"

"그렇죠. 그리고 지붕 외곽의 테두리에는 난간을 쳐주면 안전에는 큰 문제가 없을 겁니다."

"네, 맞아요."

내가 만들고 싶었던 것은 아이들이 놀고 싶어 하고, 매일 가기를 원하는 놀이동산 같은 유치원이었다.

인생에서 가장 행복한 순간을 가장 즐겁게 놀 수 있도록 설계해 주는 것.

원장이 빙긋이 웃었다.

"이름을 텔레토비 유치원이라고 지어야 하겠네요."

소장이 내게 작은 소리로 슬쩍 물었다.

"성훈아, 그렇게 해도 괜찮겠냐? 애들이 몽땅 올라가서 논다고 하면, 아무래도……."

하중이 과해지지 않겠느냐는 질문이었다.

"외벽을 내력벽으로 해버리죠. 그러면 그런 염려가 좀 더 줄어들겠죠."

"그래, 그럼 문제될 게 없겠구나. 난 네가 가운데 기둥에만 하중을 다 모은다고 생각했지."

곱상한 얼굴에 옅은 미소를 띤 원장이 물었다.

"그럼, 성훈 씨. 좀 더 말해도 돼요?"

눈썹을 으쓱하면서 고개를 끄덕였다.

"얼마든지요. 지금처럼 말씀만 하세요."

원장과 소장, 그리고 나는 몇 시간에 걸쳐서 디자인에 대한 협의를 끝냈다.

그렇게 나온 디자인은 둥근 성 같은 모습이었다.

그림책에서나 볼 수 있었던 마법의 성 말이다.

외벽을 알록달록한 파스텔톤으로 장식했다.

그리고 지붕은 푸른 동산을 만들었다.

외벽에는 투명 미끄럼틀이 넝쿨처럼 얽히며 내려와 있었다.

"원장님, 이런 모습인데, 어떠세요?"

굳이 물어볼 필요도 없었다.

이미 충분히 만족한 미소를 짓고 있었으니까.

"진작 올 걸 그랬네요. 이렇게 될 줄 알았으면."

그러면서 원장이 내 손을 덥석 잡았다.

"성훈 씨!"

"네?"

갑작스런 그녀의 행동에 약간 움찔했다.

환한 미소를 띤 채, 그녀가 말했다.

"이거야. 이거! 이게 딱 내가 원했던 유치원이야. 아. 정말 예뻐!"

"원장님 도움이 컸습니다. 감사합니다."

서로 겸양하면서 그 자리를 파했다.

🍂

한 교수는 논문을 제출했다.

"수고하셨어요, 교수님."

"수고랄 게 있나? 성훈이 네가 데이터를 잘 모아줘서, 가뿐하게 끝냈다."

"저도 교수님 덕분에 유치원 설계를 잘 마무리 지었는걸요."

"듣자 하니 원장이 대단히 만족했다던데?"

"네. 그 아줌마, 하하. 마지막엔 제 손을 덥석 잡더라고요."

"그런데 텔레토비인가 하는 머리 큰 캐릭터도 그대로 쓸

거냐?"

"그거야 원장 마음이죠."

"저작권 안 걸리냐?"

"방송사랑 협의해서 이용료 내면 되는 거죠. 돈 내겠다는데 쓰지 말라 고는 안 할 겁니다. 움켜쥐고 있으려고, 저작권 등록하는 거 아니잖아요?"

"원장한테 잘 말해둬라. 소장 하는 말 들어보니까, 프랜차이즈로 아예 퍼뜨릴 생각이던데?"

그의 우려에는 동감했다.

기껏 열심히 만들고 호평을 받았다고 해도 저작권 문제가 불거지면 잘된 부분은 보이지 않고, 나쁜 부분만 보이게 마련이다.

'시작이 좋았으면, 끝도 잘 마무리 지어야지.'

"알겠어요. 돈 몇 푼 아끼려다가 똥물을 뒤집어쓰면 안 되죠. 변호사 소개해 놓을게요."

"형, 교수님. 신문 보셨어요?"

민수는 들어오자마자 신문을 내밀었다.

"왜 뭔데?"

"진 교수가 울산 신문에 사설을 실었어요."

아직 보지는 못했지만 좋은 내용은 아닐 터.

'일단 읽어는 봐야겠지.'

〈사설〉

울산 소재 모대학교 건축학과 교수의 논문에 이런 말이 실려 있다.

논문 37페이지, 13줄.

'기둥은 꼭 있어야 하는가?'

논문의 제목과 일치하는 이 한 문장이 이 논문의 모든 것을 설명하고 있다.

……중략…….

정해진 논문의 형식을 따르지 아니하고, 대화체의 파격을 행하는 이유는 무엇인가?

필자의 염려는 이 파격이 '예일대 제일주의'에서 나오는 오만함이 아닐까 하는 것이다.

그토록 한국의 수준은 떨어지는 것인가?

……중략…….

필자는 그 질문에 이렇게 질문하고 싶다.

'당연한 소리를 입 아프게 꼭 해야만 하는가?'

이 대답할 가치도 없는 물음에도 불구하고, 필자가 사설을 집필하는 이유는 단지 하나다.

대한민국의 건축을 걱정하는 한 사람의 교육자로서, 이 논문이 차세대에 우리나라를 짊어질 학생들에게 어떤 영향을 미칠지, 또한 외국에서 한국 건축의 수준을 이 한마디로 평가하지는 않을지 심히 염려되었기 때문이다.

말을 마침에 있어, 필자는 진정으로 그에게 묻고 싶다.

"진정 당신이 교육자의 길을 가고 있다고 생각하십니까?"

울산에는 4년제 대학교는 하나밖에 없고, 건축학과도 하나뿐이었다.

신문의 사 분의 일을 채우는 그의 긴 말을 간추리자면, '나는 한국 건축을 염려한다. 한 교수 오만하다. 그는 교수 자격이 없다'는 것이었다.

민수가 뚱한 얼굴로 말했다.

"저번엔 박 교수가 학교 신문에 기고를 하더니."

"그런 일이 있었나?"

"네."

"왜 난 몰랐지?"

"그거야 그 글을 기고한 박 교수가 바로 잘렸던 데다가, 현재건설에서 우리 작품을 사갔으니, 바로 묻혀 버렸죠."

"내용은?"

"잘 기억은 안 나는데, 작품에 크롬 입힌 거 가지고 말을 했었거든요. 구조를 가지고 승부를 봐야지. 눈을 현란하게 하는 꼼수를 부렸다고."

"흥. 별 헛소리를. 상대할 가치도 없구만."

진 교수는커녕 다른 건축사들도 꼼짝 못하게 했었던 H대의 노 교수가 화려함에 가려 구조를 파악하지 못할 사람이란 말인가?

게다가 노 교수는 우리가 그 구조를 제대로 파악하고 있는지 시험하려고 일일이 브리핑까지 듣지 않았던가?

민수가 물었다.

"형, 박 교수가 진 교수의 오른팔이었으니, 관계가 없진 않았겠죠?"

"한통속이라고 봐야지."

왜 같은 학교에서 서로를 보듬어주지 못할망정 이렇게 괴롭히지 못해서 난리라는 말인가?

'열심히 하는 후배를 기분 좋게 밀어주지는 못하는 것인가? 자기 학교 후배만 후배인가?'

세상에는 인생 선배라는 말도 있지 않던가?

그의 속 좁은 행태에 마음이 답답했다.

한숨을 쉬며 말했다.

"그나저나 진 교수. 굉장히 지능적인 사람이네."

민수가 어이없다는 듯이 웃었다.

"그게 무슨 말도 안 되는 말씀이세요? 이건 말도 안 되는 소리죠. 사람들이 바보가 아니라면, 이 글을 듣고 전후 문맥을 따져 볼 것 아닙니까?"

"그럴 것 같지?"

당연하다는 듯이 민수가 고개를 끄덕였다.

'이런 생각은 민수니까 할 수 있는 거겠지.'

"그런데 안 그럴 가능성도 배제할 수 없어."

"엥? 왜요?"

그 질문에 한 교수가 답했다.

"민수야, 왜 진 교수가 친절하게, 페이지 몇 줄까지 설명을 하면서 글을 썼을까? 생각해 봤니?"

민수는 답하지 못하고 내 얼굴을 바라본다.

"민수야. 그건 그 문장만 보라고 강조하는 거야. 아니, 강요에 가깝지."

"그건 또 왜 그래요?"

"요즘처럼 바쁜 세상에 그 한마디를 보기 위해서 수백 페이지의 논문을 다 읽는 사람이 얼마나 될까? 그것도 보고 싶은 문장의 위치까지 친절하게 설명해 주고 있는데."

한 교수가 고개를 끄덕였다.

"사람들은 진 교수 말처럼, 그 한마디가 내 논문의 엑기스라고 믿게 되지. 제목도 그렇고."

"응. 사람은 보고 싶은 것만 보거든."

이름만 대면 알 만한, 유명 아이돌 5인조 그룹의 멤버가 그렇게 테러를 당했다.

그 연예인이 싫다는 이유로 트집을 잡고 소문을 퍼뜨렸다. 그 소문의 근원지는 사실이었다.

하지만 그 사실은 편집된 'Fact'였다.

그 소문을 들은 사람들은 그 사건의 전후사정을 진지하게 확인하지 않았다.

왜?

그 소문 자체만으로도 '사실'이었으니까.

"한 교수가 싫은 사람, 더 나아가 예일대가 싫은 사람, 아니, 유학파가 싫은 사람들은 진실을 보려 하지 않아. 사실을 보는 거지. 직관적으로 보이는."

"그치만, 그건 사실이……."

민수의 말에 고개를 저었다.

"민수야. 진 교수의 사설에는 사실밖에 없어. 약간의 의견이 있기는 하지만."

"한 교수님이 예일대 출신이라는 건 사실이야. 한국의 수준을 무시하는지 아닌지는 확인할 수 없지. 사람들은 사실과 확인할 수 없는 것, 그 둘 중에 뭘 믿을까?"

그런 글이 있는 것도 사실, 제목도 사실과 일치. 진 교수가 쓴 글 가운데, 틀린 것은 없었다.

한 교수가 씁쓸하게 웃었다.

"진 교수 관점에서 내 논문을 보는 사람은 그 문장만을 집중적으로 보게 되지. 그리고는 진 교수의 논리를 이해하게 되겠지."

"교수님의 말이 맞아. 그 뒤의 결론이 아무리 잘 정리되어 있다고 해도 마찬가지겠지."

물론 모두가 그런 것은 아닐 것이다.

그러나 신중한 사람들은 함부로 진 교수의 말에 반대 의견

을 제시하지 않을 것이며, 생각이 짧은 자들은 사신들의 설
사리를 위해서 유학파를 싸잡아 비난할 것이다.

'진 교수의 말에 틀린 것은 없으니까.'

한 교수가 말했다.

"신문지상에 퍼지는 것은 이 문장뿐이겠지."

"두고두고 까이겠네요."

민수의 말에 반박을 하기 어려웠다.

해명을 하면 되지 않느냐고?

백만 안티의 주인공인 그는 해명할 입이 없어서 못했겠
는가?

집단의 군중심리는 귀마개와 같아서, 아무리 진실(眞實)을
설명해도 고막에 닿지 못한다.

'그들이 알고 있는 것이 그들에게는 이미 진실일 테니까.'

그렇게 마녀사냥이 시작되는 것이다.

"아무래도 이건 이대로 넘어가서는 안 되겠군."

한 교수가 자리에서 일어났다.

"진 교수한테 가시려고요?"

그가 심각한 표정으로 고개를 끄덕였다.

"교수님, 그건 제 논문도 됩니다. 아시죠?"

"알지."

우리 논문, 즉 한 교수의 논문은 나와의 대화 형식으로 되
어 있다.

질문과 대답!

논문의 반은 내 것이었다.

한 교수를 진정시키며 말을 이었다.

"아마 교수님이 직접 나서시면, 또 다른 식으로 딴죽을 걸 겠죠."

'아직 한 교수는 사고를 치면 안 되거든.'

어쩌면 그동안 그를 케어하지 못한 내 양심의 가책이었는 지도 모른다.

"진 교수의 사설에 저는 없잖아요. 전혀."

한 교수가 고개를 끄덕였다.

"그러니까 제가 갈게요."

자리에서 일어났다.

'지피지기 백전불태.'

그가 왜 이런 일을 했는지 이유를 확인해야 했다.

"안녕하십니까? 교수님."

"웬일인가? 아쉬운 거 있으면 찾아오는 건가?"

그의 입가에 비릿한 비웃음이 걸려 있었다.

'이 양반이. 뭘 착각하는 건가?'

선전포고하러 왔는데, 백기를 들고 왔다고 생각하는 모양이었다.

'띄 줄 사람은 생각도 안 하는데.'

그에게 대놓고 물었다.

"한 교수 논문에 뭔가 잘못된 것이 있습니까?"

그가 약 올리듯 대답했다.

"누가 잘못되었다고 하던가? 난 그런 말을 한 적이 없는데?"

"그럼 '꼭 입 아프게 해야 하는가' 하는 말씀은 뭡니까?"

"그럼 내가 무조건 칭찬이라도 했어야 했다는 거야, 뭐야? 같은 학교 교수면 비판도 못 하는 건가? 그건 사설이라고. 공설이 아니라."

'사설(私設)이 아니라, 사설(社說)이라고요.'

"그걸 굳이 지방 일간지에서 하신 이유가 뭔지 여쭙는 겁니다."

"이것 봐. 성훈 군. 지금 나한테 따지는 건가?"

"왜 그렇게 흠집을 못 내서 난리시냐고요."

"뭐? 흠집? 난리?"

흥분한 진 교수가 목청을 높였다.

"보자 보자 하니 못하는 말이 없구만."

"신문에 대문짝만하게 낸 것보다는 낫다고 생각합니다."

감정적인 대응이 있었다는 거. 인정한다.

하지만 어쩌랴, 열 받는 것을.

"자네도 꼬우면 신문에 사설을 내! 누가 뭐라고 하나? 엉?"

문을 박차고 나가 버리고 싶었지만, 난 아직 물어보고 싶은 것이 남아 있었다.

"후, 교수님. 전혀 새롭다거나, 파격적이란 생각은 안 해 보셨습니까? 정녕 사설에 적으신 그것밖에 없었습니까?"

"허, 파격(破格)?"

"네, 파격!"

그가 어이없는 눈으로 나를 바라본다.

"이봐, 파격이라는 것은 말이야. 품격이 되는 사람이 깰 때가 파격인 거야."

비웃음이 가득 담긴 얼굴로 말을 이었다.

"이건 뭐, 게나 고둥이나! 가격 파괴하듯이, 논문도 파괴한 거야?"

솔직히 이 말은 좀 찔리네.

"논문이 저잣거리 메뉴판이랑 똑같은 취급을 받는 거냐? 똑같은 물과 산을 말해도, 성철 스님이 말씀을 하시니까, 그게 파격인 거야. 알아? 물이 물이고, 산이 산인 걸 누가 모르나?"

'아! 더 열 받는다.'

마지막으로 그에게 물었다.

"그러니까 우리 같은 애송이가 한 거니까, 인정할 수 없다. 그겁니까? 만약 똑같은 걸 명망 높은 교수가 했다면 어떻게 되는 겁니까?"

"명망 높으신 분이 굳이 그런 짓까지 할 리도 없지만, 그분이 했을 때는 그만한 이유가 있지 않겠어? 당연한 말을 입 아프게 해야 하나?"

내가 가장 싫어하는 말이 저거다.

내용을 떠나서, 네가 했으니까 싫다. 인정할 수 없다. 나보다 직급이 낮은 자가 한 것은 인정할 수 없다. 나보다 못한 자가 예상을 뛰어넘는 결과를 내는 것을 인정할 수 없다.

내용을 떠나서 말이다.

내가 알기로, 진 교수 아래에서는 빛을 본 학생이 없다. 물론 취직은 어느 정도 보장받지만.

'청출어람은 어따가 팔아먹었냐?'

이런 사람은 제자가 자신을 뛰어넘는 것도 보지 못하겠지. 자존심 상해서 어디 그렇게 되도록 밀어주겠어? 기껏 해야 건설 회사에서 썩게 하겠지.

'배울 가치가 없어. 취직이 목적이라면 모르겠지만.'

분노가 머리로 치솟아 아무 말도 못 하고 있었다.

'이런 인간과 같은 공기를 마셔야 하는 건가?'

최대한 빨리 용건만 말하고 나오고 싶었다.

내가 말문이 막힌 줄 알았던지, 기고만장하게 나에게 훈계했다. 기가 찼을 뿐인데!

"야, 세상은 말이야. 인맥이야. 인맥! 네가 아무리 날고 기어도 안 돼."

"교수님. 인맥이 좋으신가 봅니다. 학교 신문이 아니라,

지방지의 일면을 차지하시다니요."

교수가 신문에 사설을 내는 것은 어렵지 않은 일이다. 종종 고정 칼럼을 싣기도 하니까.

하지만 신문하고는 전혀 인연이 없던 사람이 원하는 시기에 딱 맞춰서 사설을 기재했다.

과연 우연일까?

"내 선배 하나가 거기 편집장이더라고. 어쩌다 지방지까지 흘러갔는지. 쯧쯧, 난 덕분에 덕 좀 봤지만."

"그렇군요."

"내가 말한 걸로 아는데, 중요 요직에는 다 있다고. 세상은 인맥이야. 인맥."

그중에서도 자신은 A급 인맥을 가지고 있다고 생각하는 진 교수였다.

'그럴 만도 하지, 한국에서 그만한 인맥이 또 있을까?'

그는 내 앞에서 대놓고 인맥을 자랑하고 있었다.

솔직히 그는 인맥이 탄탄할 것이다.

'내가 모르는 인맥은 더 많겠지. 나이 사십이 넘었는데, 이쪽 계통에서 십 년을 넘게 일했는데, 그 정도 인맥도 없다면 그건 등신이겠지.'

나도 인맥은 있다.

그처럼 자잘하게 깔린 인맥은 많이 없지만 말이다.

'안타까운 게 있다면, 모두 외국인이라는 거지.'

이런 생각을 하면 안 되겠지만 가소로웠다.

나는 눈앞의 이 사람처럼 넓은 인맥은 아직 없지만, 굵직 굵직한 인맥이 몇 있다.

마이어를 비롯해서 귄터, 압둘, 알리 등등.

'이 중 몇몇은 당신 인맥을 총동원해도 안 될걸. 격을 말했 었던가? 진 교수를 누르기 위해서 불러오기에는 아까워. 격 이 안 맞아. 격(格)이.'

압둘은 언제든지 불러만 달라고 했고, 알리도 도움이 필요 하면 얼마든지 말하라고 했다.

그렇다고 건축가가 돈질 좀 하라고, 왕자들을 부르는 것도 모양새가 영 아니지 않는가?

돈질에는 돈질로, 건축에는 건축으로, 인맥에는 인맥으로.

그를 등지고 돌아섰다.

"그 인맥. 얼마나 대단한지 확인해 보겠습니다. 교수님."

"흥. 그러든지."

그의 비웃음을 등으로 받으며 교수실을 나왔다.

진 교수 방을 나와 걸어오는 내내 생각했다.

'어떻게 저걸 족쳐야 속이 시원할까?'

물론 감정적인 대응이 없잖아 있었다. 어른스럽지 못한 대 화였다. 부끄러웠다. 하지만……

'뭐 어때. 내가 성인군자라도 되나? 빡치게 만들잖아!'

우리 사무실로 들어가니 한 교수가 물었다.

"뭐라고 하디?"

"쩝, 말이 안 통해요."

"그렇지. 그렇게 말이 통할 정도면 그런 짓도 안 했겠지."

한 교수가 말을 이었다.

"다음 주 정도에 스승님 오신단다. 별다른 일 없으면 사흘 정도 머무실 예정이고."

"우리 논문 이야기 했어요?"

"아니. 안 그래도 바쁘신 분이야. 굳이 내 일로 신경 쓰이게 하고 싶지는 않구나. 그냥 이번에는 쉬시다 가시게 하자."

쓸쓸해하는 그를 위로했다.

"우리도 언론 플레이 한번 해보자고요. 그쪽에서 그렇게 나오는데, 못 할 건 또 뭐 있어요?"

"이럴 때는 내가 미국인이라는 게 많이 불편하네. 한국에는 내 인맥이 별로 없어."

"걱정 마세요. 제가 알아서 할게요."

도산 소장에게 전화를 걸었다.

"소장님, 울산에 아는 분들 많죠?"

─당연하지. 말만 해. 뭐가 필요한데? 누구 부를까? 울산은 내가 꽉 쥐고 있어. 알지?

소장은 기분이 좋은지 시원시원하게 답했다.

아직 신문은 못 본 모양이네.

봤다면 사설에 나오는 말이 뭘 의미하는지 알았을 것이고, 목소리가 밝지 않았을 텐데.

소장의 쾌활한 목소리가 이어졌다.

─나 지금. 시장 만나고 오는 길이야. 허허허. 이번 연말 공사는 걱정을 하지 말라시던데?

"신문사 아는 곳 좀 있으면 알아봐 주세요."

"왜?"

"그리고 오늘자 울산신문 사설도 한번 읽어 보시고요."

"왜?"

어리둥절해하는 그에게 일단 읽어보라고 하고는 통화를 마쳤다.

잠시 후, 소장에게서 전화가 왔다.

─으음, 심각한데.

"왜요?"

─신문사에 알아봤는데, 이 양반들 강성이야.

"강성이라뇨?"

─음, 신문사들끼리 뒤 봐주기라고 해야 되나? 일종의 담합이지.

"방법이 없다는 말인가요?"

─응. 좀 어려워. 무리를 하면 할 수는 있겠지만, 그것 역시도 쉽지는 않을 거야.

"어쩐다. 서울 신문사에 알아 봐야 하나?"

―일단 나도 알아볼 테니, 성훈이 너도 한번 알아봐라.

잠시 생각할 시간이 필요했다.

나는 '내가 맞다'고 생각했다.

'하지만 진 교수가 완전히 틀렸을까? 내 감정적인 대응이 과도한 것은 아닌가?'

전화벨 소리가 내 상념을 끊었다.

띠리링.

H대 노 교수였다.

―성훈 군. 날세.

"잘 지내셨어요?"

―그럼 덕분에. 그런데 한 교수 있나?

"아뇨. 수업 들어가셨는데요? 오시면 전화드리라고 할까요?"

―아니, 뭐. 자네한테 물어봐도 되겠구만.

"뭔데요? 말씀하세요."

―자네들 논문을 봤네.

반은 내 말이 들어갔으니, 그 말이 전혀 어색하지 않았다.

"어떠셨어요?"

―재미있더군. 흥미로운 주제를 다루기도 했고.

"감사합니다. 재밌게 읽어주셔서요."

―제목에 사기를 쳤던데?

"네? 사기라뇨?"

—제복만 보고, 기둥이 없는 건축이 있을 수가 있나? 하고 봤더니 말이야. 허허허.

"사람들의 이목을 좀 모으려고요."

—잘했어! 제목에 임팩트가 없으면, 누가 그걸 보나? 맨날 논문 제목이 '00에 대한 연구'라고 나와서야, 궁금하지가 않은 법이거든.

그러더니 목소리를 깔고는 물었다.

—그런데 논문에 나와 있는 자료들, 실제 데이터인거지?"

"네, 그렇습니다만."

논문에 실린 예제나 자료들은 유치원 설계를 하면서 생생한 검증을 거친 것들이었다.

수화기 멀리서 노 교수의 목소리가 쩌렁쩌렁 울렸다.

—거봐, 이놈들아. 내가 그럴 거라고 했잖아.

"네?"

—아냐? 내 제자 놈들이랑 같이 있거든.

"아."

—하여간 내 그럴 줄 알았어. 어디에 있는 건데?

"울산입니다. 아직 완공되지는 않았어요. 어제 골조 올리는 거 보고 왔습니다."

—그래? 한번 가봐도 되겠지?

"그럼요. 교수님이시라면 언제든지 환영이죠."

–알겠네. 일주일 내로 한번 내려가도록 하지.

나는 학계에서의 이런 반응을 기대했었다.

'진 교수가 이상한 거야? 아님 노 교수님이 이상하신 거야?'

사실 울산에만 있으니, 다른 곳의 반응을 알 수 없었다. 프랭크는 좋다고 했지만 그조차도 일부분의 반응이 아니겠는가?

그래서 물었다.

"서울 쪽의 반응은 어때요?"

–응? 무슨 반응?

아직 울산에서의 여파가 서울까지는 미치지 않았던 모양이다. 아니면 진 교수의 인맥이 서울까지 미치지 않았든지.

'애초에 그렇게 크게 이슈화시킬 문제는 아니지.'

–흐음, 글쎄. 나는 재밌게 봤는데, 반응까지는 모르겠네. 왜 그러나? 문제라도 있나?

"우리 쪽에서는 난리가 났거든요."

–무슨 난리.

'난리라고까지 부르기는 오버인가?'

하여간 우리에게 있었던 에피소드를 말해주었다.

–진 교수가 그렇게 나왔다고? 거참 밉상 같은 놈일세. 우째, 찌꺼기 같은 놈들이…….

나지막한 노 교수의 한숨 소리가 들렸다.

"진 교수 인맥이 그렇게 대단합니까?"

─그건 또 왜 그렇게 생각하는데?

"막상 부닞혀 보니까, 쉽지 않더라고요. 신문사에 해명하는 글을 다는 것도요. 그 편집장이 강성이라서 울산 쪽을 꽉 쥐고 있더라고요."

울산 신문과 있었던 일을 말하며 푸념을 늘어놓았다.

─진짜로 난놈들은 그렇게 안 해. 실력으로 들이받지.

"제 말이요."

생각할 때마다 울컥하니 치밀어 오르는 짜증을 막을 수가 없었다.

'정당하지 못하게 엉뚱한 인맥으로 들이밀 수는 없지 않던가?'

한 대 맞았다고, 엄마 불러오는 거랑 뭐가 다른가? 상대가 꼼수를 쓴다고 나도 똑같이 상대해서는 동격(同格)이라고 증명하는 꼴밖에 안 된다.

─그런 짓을 할 놈들이라면 그놈들밖에 없는데.

"알고 계세요? 무슨 조직인가요?"

─그깟 놈들이, 조직은 무슨 조직? 찌꺼기 같은 놈들 모아 놓은 곳인데, S대에서도 골칫거리인 녀석들이야.

"교수님이 좀 도와주시죠?"

─뭔데 말만해. 건축으로 할 수 있는 거라면 얼마든지 도와주지.

"진 교수 때려눕히는 거요."

-에잉, 그건 싫다. 이놈아. 내가 이 나이에 그놈들하고 똥물 튀겨가며 싸우리?

"농담이었어요. 제가 설마."

-답답한 마음 모르는 거 아니지만, 세상에 이런 말도 있지 않나?

"뭔데요?"

솔깃해서 귀를 바짝 세웠다.

노 교수가 근엄하게 말했다.

-정의는 이긴다네.

'크, 젠장!'

안타깝게도 반박할 말이 없었다.

무조건 이기라는 말이 아니던가? 내가 정의라고 주장하려면 말이다.

사실 노 교수가 말은 저렇게 해도, 건축계에서 영향력이 꽤나 있는 인물이었다.

슬쩍 지나가다가 들었던 거지만 방학 때 스타타워 프로젝트를 진행하면서 이런 말을 들었었다.

'H대의 노 교수님이 사장님께 전화를 걸어서 괜찮은 물건이 나왔다고 잡으라고 했다더군.'

그게 바로 우리 설계안이었다고 한다.

그렇다면 노 교수님은 현재 사장에게까지 말발이 먹힐 수 있는 자리에 있는 분이었다.

'그런 사람이 진 교수 패거리들과 연관되기 싫다는 건 그들이 강해서 그런 것이 아니라, 끈질기게 귀찮게 한다는 말이겠지.'

간단히 말하면 건드리기 싫다는 말이었다.

잘못 건드렸다가는 진흙탕 싸움이 될 테니까.

―진 교수, 그놈 하나라면 박살을 내놓겠지만, 그놈들 모이면……. 네 녀석이 알아서 처리해.

"도움도 안 주실 거면서. 쳇."

―쳇은. 이 정도 말해주는 것도 어딘데. 어설프게 건드리면 지분거리는 놈들이니까, 확실하게 싹을 자르란 말이야. 알았어?

"네, 그럼 정면승부밖에 없겠네요."

―그렇지. 그럼 수고해라.

어쩌냐?

건축으로 안 밟으면, 계속 이런 식으로 건축 외적인 압박을 받는다는 말인데.

'물론 그때도 대응할 방법은 있겠지. 귀찮다고, 한 방에 끝내고 싶다고!'

밝은 무대로 진 교수를 끌어내야 한다는 말인데, 그래야 정면승부를 할 것 아닌가?

'뭔가 이벤트가 있어야, 무대를 만들 거고, 그 무대에 선수를 세울 것 아냐?'

고개를 푹 숙이고 생각에 잠겼다.

'이벤트. 이벤트. 이벤트. 끄아아!'

"형, 뭐 하세요?"

민수가 수업에서 돌아왔다.

"보면 모르냐? 생각한다. 또 어디 가냐?"

"바로 수업이에요. 참, 프랭크 스승님이 언제 오신다고 했죠?"

"일주일인가 있다가 온다고 했지."

"그럼 뭔가 환영 이벤트라도 준비해야 되는 거 아니에요? 나름 유명하신 분인데?"

고개를 번쩍 들었다.

"그래, 이벤트! 준비해야지. 하하하하."

바로 전화기를 들었다.

민수가 미친 놈 보듯 나를 피하더니, 수업 간다며 사라졌다.

"프랭크."

─성훈, 웬일이야? 먼저 전화를 다 하고?

생각해 보니 그가 먼저 전화를 한 적은 있었어도, 내가 먼저 전화를 한 적은 처음인 것 같았다.

하지만 어쩌랴. 답답한 사람이 전화를 해야지.

프랭크를 내 목적에 이용한다는 것은 찜찜했지만, 지금은 찬물 더운물을 가릴 때가 아니었다.

'프랭크는 이해해 줄 거야.'

나중에 진지하게 사과하면 되는 거지.

일단은 프랭크에게 살 보여야 했다.

안부를 물었다.

"하하, 일본에는 잘 도착하셨나 해서요?"

―그럼. 여기는 사쿠라 꽃이 만발했네. 그려.

"헤, 한국도 만만치 않게 화려하게 피었어요. 제가 가이드해 드릴게요. 어서 오세요."

―흠……

프랭크가 잠시 말을 멈췄다.

왜?

무슨 일이라도 있는 것인가?

안 되는데!

―성훈, 미안하게 되었어.

"왜요? 못 오시는 거예요?"

―그게 그렇게 됐어. 투자자에게 문제가 생겨서 말이야. 이 일정이 끝나는 대로 바로 미국으로 돌아가야 할 것 같아. 한국 관광은 다음으로 미루기로 하지. 약속을 했는데, 미안하군.

그렇게 속 편하게 미룰 일이 아니라고요.

'투자자? 돈 대는 사람?'

다급하게 물었다.

"꼭 그 사람이 투자해야 하는 건가요?"

─아니. 꼭 그럴 필요는 없지만, 액수가 커서 지금 잘 붙잡지 않으면 안 돼. 중요한 고객이야.

이렇게 말할 정도라면, 대단한 고객임이 분명했다. 하지만 나는 당장 그가 필요했다.

"얼마를 투자하는 고객인데요?"

─왜? 대주려고? 허허허. 걱정해 줘서 고맙지만, 내 일은 내가 알아서 할 테니 신경 쓰지 말게나.

제가 프랭크를 왜 신경 씁니까?

내가 똥줄이 타서 그러는 거지.

진짜로 속이 바짝 바짝 타는 느낌이었다.

프랭크가 말했다.

─그럼 승원에게 안부 좀 전해주고, 다음에 또.

"잠깐만요, 프랭크!"

─응. 왜? 나 지금 차 타러 가야 하는데.

누가 부르는 소리가 들렸고, 프랭크의 기다리라는 소리도 들렸다.

─바쁘니까, 빨리 말해봐.

"그 돈 제가 방법을 찾아볼게요."

─무슨 농담을. 얼만지나 알고?

"얼만데요?"

─500만 달러야. 500만.

"그거 있으면, 당장 미국 안 가도 되는 거죠?"

아, 이거 너무 다급하게 보이는 거 아니야?

그럼 어때. 지금 당장 불러들이는 게 급한데.

다급하게 내 사정만 얘기를 하다 보니, 프랭크가 듣기에는 장난치는 걸로 보였던 모양이다.

─자네가 무슨 돈이 있다고, 농담할 거면 끊겠네.

자린고비라면 자린고비인 내가 내 돈을 쓸 리가 없잖아요. 이 영감님아!

"제가 댄다고 했습니까? 방법을 찾는다고 했지."

─그럼 방법을 찾으면 연락하게.

프랭크의 목소리에서 약간의 불쾌함이 느껴졌다.

"프랭크."

─왜?

"알리 어때요?"

─엥? 알리 왕자? 그 사람이 왜?

"네, 그 사람이 투자하면 어떠냐고요."

내 말이 터무니없게 들렸던지, 내게 호통을 쳤다.

─에이, 이 친구야. 그게 어떻게 가능해? 한두 푼이야?

"가능하면 제 부탁 하나만 들어주세요."

─허허, 이 친구 보게나? 책임질 수 없는 말은 함부로 하는 게 아닐세.

"되면 제 부탁 들어주는 겁니다."

─알겠네.

"금방 다시 전화할게요."

다시 전화를 걸었다.

"프랭크."

금방 전화가 와서인지 실망한 목소리였다.

상식적으로 불가능한 일이 아니던가? 5분에 500만 불이라니!

─거 봐. 이 사람아. 아무리 자네가 알리 왕자랑 친하다고 해도 안 되는…….

"계좌 확인하세요."

잠시 후, 프랭크의 숨넘어가는 소리가 들려왔다.

─억!

난 저 비명의 이유를 알지!

3분 전, 알리가 소리쳤었거든.

'뭐야? 성훈! 고작 500만 불 땜에 전화한 거야? 그 노인네 계좌번호 불러. 당장 쏠 테니까!'

프랭크가 말했다.

─어떻게……. 5분도 안 돼서…….

'그럼 그렇지. 알리가 돈 가지고 약속을 어길 리가 없지.'

"부탁 들어주시는 거죠?"

─이 친구야! 노인네 심장마비 걸리게 할 일이 있는가! 뭐든지 말하게. 500만 불을 받아놓고, 부탁을 거절하면 사내가 아니지.

프랭크의 목소리에 힘이 들어가 있었다.

"한국에서의 일정을 좀 길게 늘려주세요."

-왜? 관광할 곳이 그렇게 많아? 그 작은 나라에? 허허허.

'큭. 문제가 해결되니, 바로 농담을 하는데?'

웃으며 말하는 그에게 우리가 당면한 문제를 말해주었다.

-거참. 희한한 나라일세. 그 조그마한 동네에서 뭘 그리
치고받고 싸우나 그래?

"프랭크 스케줄은 제가 짤 테니까, 그렇게 아세요. 아셨죠?"

-그러게나. 나야, 물주가 하라면 해야지. 허허.

"휴."

이제 프랭크에게 미안한 마음이 없어졌다.

왜냐고?

이건 정당한 거래니까.

소장에게 전화를 걸었다.

-왜?

풀이 죽은 목소리였다.

"유치원 원장님, 전화번호 좀 가르쳐 주세요."

-뭐 하게?

"판 짜게요."

-뭐? 판? 무슨 판?

"그냥 불러요. 나중에 설명할 테니까."

프랭크가 오기 전에 이벤트 준비를 끝내야 했다.

'한국에 인맥이 없으니, 가만히 닥치고 있으라고? 흥. 지금부터 만들면 된다고.'

소장이 물었다.

–왜, 시장한테 부탁하려고? 잘 생각했다. 정치인만 한 인맥이 한국에 어디 있겠어?

소장의 말을 듣는 순간 정신이 번쩍 들었다.

인정한다.

그들만 한 인맥은 없다는 거.

나도 그러려고 했으니까.

하지만……

지난 삶 어디선가 이런 말을 들은 기억이 났다.

'성훈아. 세상에는 절대로 빚지면 안 되는 세 부류의 사람이 있다.'고.

건달, 사채업자, 정치인.

건달은 별거 아닌 도움을 풍선처럼 부풀려서 되돌려 받고, 사채업자는 말할 필요도 없다.

정치인은?

이 부류는 말하기조차 무섭다.

평생을 악마의 하수인으로 살아야 한다.

"쑬껙!"

나도 모르게 뒷골이 서늘해진다.

선한 정치인도 있지 않겠느냐고?

선악을 구분할 정도의 경지라면 마음껏 신세를 지시고. 나는 전혀 그럴 마음 없다네요.

다급히 말했다.

"아뇨. 전혀 그럴 생각 없어요."

─에이 복잡하게 생각하지 마. 자기 여동생도 엮여 있는데, 잘 알아서 해결해 주지 않겠어?

"그럼 여동생 문제나 잘 해결하라고 하죠. 뭐. 우리 일은 우리가 풀 테니까."

물론 유치원의 일을 해결하려면 우리 논문 문제가 선결되어야 할 테니까, 도움을 받기는 하겠지만, 내가 직접 도움을 요청한 것이 아니니 그쪽에서 생색을 낼 일은 없다.

'아니. 없게 할 거야.'

내 맘을 아는지 모르는지, 소장이 말했다.

─뭐 하면 내가 이야기해 줄까?

나를 좋아하니 염려가 돼서 하는 말이리라.

고함을 버럭 질렀다.

"소장님! 시장한테 우리 논문 문제 청탁하기만 해 봐요? 앞으로 소장님 얼굴 안 볼 거니까?"

수화기 멀리서 소장의 목소리가 들려왔다.

내 고함에 수화기를 멀찍이 띠었던 모양이다.

ㅡ아. 젊은 친구가 왜 이리 민감해. 알았어.

원장의 전화번호를 받고는 전화를 끊었다.

과거의 나는 정치인과 엮여서 봉변을 당한 적이 없다.

왜냐고?

정치인들에게 나는 이용당할 가치조차 없는 인간이었거든.

그런데 왜 이렇게 민감하게 반응하느냐고?

40년이 넘는 세월을 살면서, 그런 꼴을 너무 많이 봤었기 때문이다.

토사구팽이라는 말은 정치에서 유래되었다.

"휴."

이마를 훔치며, 한숨을 내쉬었다.

순간 스쳐간 생각이 인생을 살렸다.

"시장을 이용하려던 계획은 포기다."

어느새, 나는 가장 편한 길을 걸으려 하고 있었다. 소장 아니었으면 나도 모르게 그 길로 걸어갔을 것이다.

건축은 뭔가를 만드는 일이다.

굳이 내 손으로 만들지 않아도 내가 만족을 했다면, 나는 건설 사업가가 되었을 것이다.

'그건 돈만 있어도 할 수 있거든!'

지금도 하려고 마음만 먹으면 할 수 있다.

정확히 얼마가 되었는지도 모르는 주식을 조금만 빼노 가
능하다.

돈질로 안 되는 게 얼마나 있겠는가?

'지금쯤, 백억이 넘었으려나?'

건축 외길을 걷지 않을 생각이었으면, 진즉에 돈의 길로
걸어갔지.

그동안의 노력을 허사로 만들 뻔 했다.

원장을 만나기로 했다.

전화로도 할 수 있었지만, 우리 논문 때문에 피해를 볼 수
있는 상황인데, 만나서 이해를 시키고 싶었기 때문이다.

자칫 잘못하면, '당신 일이니, 당신이 알아서 해라' 하는
인상을 남길 수도 있었다.

'물론. 그 말을 하려고 가는 거지만.'

하지만 말이라는 것은 어떻게 하느냐에 따라서 다르게 들
리는 것이 아니던가?

전화나 문자로는 뜻하지 않는 오해가 생길 수도 있다. 상
대방의 뉘앙스를 알 수 없기 때문이다.

굳이 적을 만들 필요야 있겠는가?

거실로 커피를 내오는 원장에게 말했다.

"원장님? 좀 문제가 생겼습니다."

"문제요? 건물도 문제없이 잘 올라갔던데요."

"건물 문제가 아니고, 우리 논문 때문에요."

"그거랑 성훈 씨 논문이 상관이 있나요?"

간단하게 설명을 해 줬다.

진 교수라는 놈이 논문으로 딴죽을 거는데, 아무래도 데이터로 사용한 건물에도 시비를 걸 가능성이 크다고 말이다.

"설마? 그렇게까지야 하겠어요?"

원장의 반응이 당연한 거였다.

진 교수라는 인간이 당연하지 않으니, 문제가 되는 것이지.

"오모나. 진 교수, 그분 나쁜 사람이네요."

원장은 세상을 잘 몰라서 그렇지, 경우를 모르는 사람은 아니었다.

"그래서 원장님 유치원 홍보하는 데도 좀 문제가 생길 수가 있으니, 감안하시라고요."

"어머. 고마워요, 성훈 씨. 일부러 그것 때문에 방문을 다 해 주시고."

"다행입니다. 크게 걱정하지 않으셔서."

"걱정 안 해요. 그런 문제는."

"왜요?"

그녀는 장난스럽게 눈을 흘기며 말했다.

"제가 이렇게 보여도, 시장 동생이랍니다."

'흠. 그게 그렇게 쉽지 않은데, 어쩔 생각인지.'

인터넷으로 글을 올렸다면, 글을 내리는 것만으로도 큰 파장을 막을 수 있을 것이다.

물론 파급 속도는 굉장히 빠르겠지만.

또한 우리도 인터넷으로 바로 반박 글을 올릴 수 있었을 것이다.

하지만 지금 시대는 그런 시대가 아니지 않나!

궁금해졌다. 그래서 물었다.

"어떻게 하시려고요?"

뭘 당연한 걸 묻느냐는 듯 말했다.

"오빠한테 말하면 되죠."

'엥 단지 그것뿐?'

너무 사태를 단순하게 생각하는 것 아니야?

한편으로는 이런 생각이 들었다.

'아니면 내가 너무 복잡하게 생각을 한 건가?'

내 생각에 그녀가 답했다.

"우리 오빠 능력 좋아요."

고개를 끄덕였다.

"오빠가 제 말이라면 꼼짝을 못하거든요."

지극히 단순한 논리였다.

'살짝 기대 봐? 얍삽한 김성훈?'

굳이 내가 부탁하는 것도 아닌데, 코 꿰일 일은 아니지 않은가?

아주 쉬운 해법을 제시하는 원장에게 물었다.

"오빠. 아니, 시장님께 뭐라고 하실 건데요?"

내가 생각하는 것과 다르다면?

오히려 내게 흙탕물이 튈 수도 있었다.

간혹, 안 도와주는 게 나은 사람도 있으니까.

"신문사에게 정정 보도를 내라고 하고, 혼쭐을 내줘야죠. 다시는 그런 기사를 내지 못하도록."

'시장이 잘도 들어주겠다. 흐흐흐.'

어이가 없어서 속으로 헛웃음이 나왔다.

"그래서요? 다음에는요?"

"그럼 끝 아니에요?"

'정말 순수하시군요. 젠장!'

신문사가 정정 보도를 내는 경우는 극히 드물다.

기사 하나 때문에 그런 일을 할 리가 없다.

게다가 이건 오보(誤報)도 아니고, 사설이지 않은가?

실망감에 빠져 푹 숙이고 있던 고개를 들고 그녀에게 진지하게 말했다.

"흠. 원장님. 지금 신문사 혼낸다고 될 일이 아닙니다."

"음. 그런가요?"

"지금 신문사에서는 우리가 반박하는 말을 하려고 해도. 반박할 기회를 주지 않아요."

그녀가 고개를 끄덕였다.

"그러니까, 우린 그런 기회만 있어도 충분해요."

"그런가요?"

원상이 도도하게 팔짱을 끼고는 물었다.

"그럼 성훈 씨는 그동안 뭘 할 건데요?"

살짝 뜨끔했다.

"그건 왜 물으시는데요?"

"음. 가만히 생각을 해 보니까, 문제는 제 쪽에서 생긴 게 아니잖아요."

왜 자기가 수고를 해야 하는 거냐는 말이었다.

말이야 맞는 말이지.

문제의 발단은 우리 논문이었다.

'평소 이미지답지 않은 날카로운 질문인걸?'

"혹시 오해가 있었다면 죄송합니다."

"아뇨. 오빠가 시장이라서 그런지, 귀찮은 걸 자꾸 저한테 떠미는 사람들이 있더라고요."

이런 이미지를 심었다가는 신뢰를 잃게 된다.

"저도 그 문제를 근본적으로 해결하기 위해서 최선을 다하고 있습니다."

최선을 다한다는 말 따위는 어린애도 한다고.

이런 말로 그녀를 이해시킬 수는 없을 것이다.

'아직 프랭크의 스케줄은 확정되지 않았는데. 그래도 약간 귀띔은 해줘야겠지.'

그래야 그녀도 반감이 없을 테니까.

사실 프랭크가 한국에 온다는 것 자체가 건축인들에게 이 벤트가 되겠지만, 그녀 같은 일반인은 그 의미를 알지도 못할 것이다.

　"그렇게 유명한 사람인가요?"
　"네. 적어도 건축을 전공한 사람들은 거의 대부분 알 겁니다."
　그녀가 감탄을 하면서 물었다.
　"오. 그래서 어떻게 하실 건데요?"
　'자꾸 파고드시네, 귀찮게. 시간도 없는데.'
　말이 길어지는 것 같아서 결론만 말했다.
　"서울이나 부산 쪽에 방송국을 잡아서 강연회나 대담 같은 걸 할 생각입니다. 그 정도 인지도는 되는 분이니까요."
　"그거랑 이거랑 우리 일이 무슨 상관인데요?"
　"거기서 우리 논문을 슬쩍 얘기할 겁니다."
　물론 결과는 그거지만, 목적은 한 교수의 존재를 한국에 알리는 거다.
　프랭크의 후광 효과로.
　TV에 나오고 사람들에게 인지도 있으면, 진 교수 같은 어중이떠중이는 덤비지 못한다. 그리고 한 교수가 지난 삶에서 이루었던 '한국 건축의 거목'이라는 명성을 얻는 시기가 더 빨라질 것이다.
　"아. 그래서 성훈 씨가 옳다는 것을 증명하고 싶은 거군요. 그 사람은 성훈 씨 편을 들 테니까."

"아뇨! 그게 아니라, 공정하게 판단 받고 싶다는 거죠."

그녀에게 단호하게 말했다.

"그러니까, 저희 쪽은 신경 쓰지 않으셔도 돼요."

거듭 말하지만, 안 돕는 게 고마운 사람도 있다.

"노 교수님. 저, 성훈입니다."

―오. 그래. 어쩐 일이야?

"프랭크라고 아시죠?"

―아이고. 이 친구야. 외국인 친구가 한둘인가?

"프랭크 베리요."

―엉? 이름만 알지, 그런 분을 내가 어떻게 알아!

"한국에 옵니다. 다음 주에."

―뭐? 야! 이놈들아, 신문 다 가지고 와 봐!

어수선한 분위기가 전화로 들려왔다.

"교수님!"

―어어. 잠깐만. 이놈들아. 똑바로 안 찾아봐?

"교수님!"

―아! 왜!

"신문에는 안 나왔어요."

-엥. 근데 넌 어떻게 아는 거냐?

"저 만나러 옵니다."

-데끼 놈! 어디 어른을 데리고 놀아.

"농담 아닙니다."

-프랭크 베리가 미쳤다고 널 만나러 오냐? 엉?

도저히 이해할 수 없다는 목소리였다.

그럴 수밖에.

나도 그건 모르고 한 교수를 선택한 거니까.

그건 내가 40이 넘을 때까지 한 교수 스스로 이야기를 하지 않았다는 의미였다.

반대로 말하면, 그는 스승의 후광 없이도 한국에서 입지를 다질 역량이 있었다는 말이지.

정말 대단한 사람이지 않은가?

"한 교수 미국에 있을 때, 예일대 은사이십니다."

-진짜! 진짜로?

"네. 교수님께 처음 말씀드리는 겁니다."

-오. 고맙다. 비밀이냐? 프랭크 오는 거?

"아뇨. 소문 좀 내달라고 전화 드렸습니다."

-그렇지. 소문을 내야지. 그분께서 오시는데.

그의 꼬장꼬장한 목소리에서 설렘이 느껴진다.

"방송국에 섭외 부탁 좀 하려고 전화 드렸습니다."

-좋지. 좋아. 아는 녀석한테 스케줄 잡으라 하지.

"아뇨. 스케줄은 제가 잡으니까, 저한테 연락 달라고 하십시오."

─왜?

"프랭크가 저한테 일임했습니다."

이 말에 대해서는 별다른 의문을 제기하지는 않았다.

뭔 상관이랴, 만나는 게 중요하지.

─진짜냐? 그럼 우리 학생들도 좀 만나게 해주라.

"제가 왜요?"

─너 이노무 자식! 우리 사이에.

"하시는 거 봐서요."

─약속했다. 나중에 딴소리 하면 죽을 줄 알아.

"네. 알았으니까, 섭외 전화나 부탁드려요."

내가 방송국을 찾아다니며 부탁해 봐야, 그건 시간 낭비다.

내 뭘 믿고 방송 편성을 해줄 것이며, 프랭크가 누구인지 설명하느라 시간이 다 갈 것이다.

'기다려라. 진 교수!'

진 교수 그 인간!

양반은 아닌 게 틀림없었다.

드르륵.

진 교수였다.

퉁명스럽게 말했다.

"한 교수님 수업 들어가셨습니다."

꼴도 보기 싫었다.

'어여 꺼지셔! 싸울 거면 한 교수하고 싸우라고.'

내 외면을 보더니, 오히려 비릿하게 웃었다.

"성훈 군."

"왜요?"

"인맥 좋던데?"

'내 인맥을 당신이 알 수가 없을 텐데?'

진 교수 따위가 알리를 알 리가 없지 않은가?

말없이 그를 바라봤다.

'무슨 말을 하고 싶은 거야? 이 인간이.'

"그렇게 좋은 빽을 가지고 있을 줄 몰랐어."

빈정거리는 모습에 살짝 기분 상한다.

'아오! 진즉에 쫓아냈어야 했는데. 망할!'

"하실 말씀이 있으면 하시고, 없으면 가시죠?"

여전히 나를 깔아보며 말했다.

"시장이 전화를 했다더라. 편집장이신 우리 S대 선배님께."

원장이 시장에게 말을 했던 모양이다.

어떻게 되었을까?

"그래서요?"

"결과는 별로 안 궁금한가 보다?"

"시장 빽이 통했으면, 이렇게 안 오셨겠죠. 어디 구석에

처박혀서 이빨이나 갈고 계시겠지."

진 교수가 피식 웃었다.

내리까는 눈에 비웃음이 가득하다.

'아따. 시장! 할 거면 제대로 하던가. 국회의원도 몇 번이나 해 드신 양반이 왜 이래?'

정치인들 무섭게 봤는데, 이렇게 물렁할 줄이야.

"잘 아네. 눈치 빨라서 좋겠어."

'아오. 졸라 빡치네. 저걸 그냥. 받아버려.'

이를 뿌드득거리며 참았다.

이제 며칠 안 남았다. 내가 만든 무대에서 어떻게 춤출지를 기대하겠다. 망할 진 교수!

내 화난 얼굴을 충분히 만끽한 진 교수는 손가락을 빙글빙글 돌리면서 문을 열고 사라졌다.

"아. 또라이 새끼. 교수면 교수끼리 싸울 것이지. 왜 나한테 와서 지랄이야."

'그리고! 시장이면 시장답게, 확실하게 일 처리를 해야지. 이게 뭐야.'

따르릉.

신경질적으로 전화기를 들었다.

"누구세요?"

"시장일세."

이 양반도 양반은 아닌 게 틀림없군. 젠장!

52장
기둥은 꼭 있어야
하는가?(4)

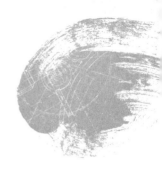

나는 지금 시장의 집무실에 와 있다.

여직원은 지금 시장이 오는 중이라고 했고, 먼저 들어가 기다리라고 했다.

현 시장은 국회의원을 2번이나 하고, 울산의 초대 민선 시장으로 당선되어, 지금 2대째 연임을 하고 있는 인물이었다.

내가 어릴 적, 선거 포스터에 이 사람이 있었던 것으로 봐서는 아주 오래 정치판에서 활동한 사람이었다.

그리고 울산이라는 핫플레이스의 시장을 꿰찰 정도로 능력 있는 사람이었다.

그리고 이번 임기를 끝으로 그는 당선이 되지 못했고, 울산의 발전은 약간 더뎌졌다.

그 4년 후의 4대 시장선거에는 건강상의 이유로 나오지 못한 것으로 알고 있다.

하지만 그는 지속적으로 시정을 살피는 일을 했고, 시민들에게는 괜찮았던 시장으로 기억되고 있었다.

하나 나는 소문을 100% 믿을 정도로 애송이가 아니었다.

'그런데 무슨 생각으로 나를 부른 거지?'

일이 뜻한 대로 안 되어서 사과하려고?

그럴 리는 만무하고.

진 교수 편에 서서 나를 억압하려고?

그랬다면 직접 보자고 했을 리가 없지.

생각을 하고 있는데, 시장실의 문이 열렸다.

얼굴이 둥글넓적하고 인상 좋아 보이는 60대였다.

"오. 성훈 군. 누이에게 얘기 많이 들었네. 곤란한 설계를 멋있게 해결했다고 하더구만."

그는 들어오자마자 내 칭찬을 늘어놓으며, 내게 악수를 청했다.

달갑지 않았지만 나도 마주 보며 인사를 했다.

"반갑습니다. 김성훈입니다."

"앉지. 기다리게 해서 미안허이."

말없이 자리에 앉았다. 사실 할 말도 없었다.

만나서 해야 할 이야기가 있다고 해서 왔을 뿐이다.

"미안하게 되었네. 신문사를 건드리는 것은 영 껄끄러운 일이라서 말일세."

그럼 그것으로 끝난 거지. 나는 왜 부른 것인지?

"그 일로 누이에게 엄청 혼이 났다네. 그 정도 능력도 안 되냐면서, 그러면서 자네가 하는 일이라도 도우라고 하더군. 허허허."

말을 끝내며 너털웃음을 터뜨렸다.

시장의 말을 액면 그대로 믿을 것인가?

시장이? 나를? 왜?

'선의의 목적으로? 흥. 그럴 리가 없잖아?'

정치인이라고 다 나쁜 사람들이라고 폄하할 수는 없다.

그럼에도 확신할 수 있는 것.

자신에게 도움이 되지 않는 일에는 움직이지 않는다는 것이었다.

반대로 말하면, 무슨 일을 해도 자신의 목적에 어울리게 움직인다는 것이었다.

'삼류 소설을 너무 많이 봐서 그런지도 모르지.'

결론은 넋 놓고 있으면, 그의 페이스에 휘말린다는 것이었다.

자신이 도와준다고 해도 내가 반응이 없자, 그가 먼저 말을 꺼냈다.

"그런데 프랭크라는 건축가가 온다면서?"

"네. 저랑 친분이 좀 있어서 오시는 겁니다."

별일 아니라는 듯이 말을 던졌다.

괜히 그의 관심을 받고 싶지 않아서였다.

내 속셈을 알고 있는지, 내게 씨익 웃었다.

"누이의 말을 듣고, 한 번 알아봤다네. 퓰리처상에 버금가는 프리츠커상을 탄 사람이더군."

그 말을 하는 그의 눈이 빛나고 있었다.

'역시 속셈이 따로 있었구만. 해달라는 것은 안 해주면서 남의 잔칫상에 숟가락을 얹겠다?'

흥. 그게 그리 쉬운 일인지 아십니까? 이 너구리 같은 영감님아!

"그래서 혹시나 시장으로서 도울 일이 없을지 물어보고 싶어서 이렇게 만나자고 했다네."

"말씀 못 들으셨나 봅니다. 울산에 올 계획은 없습니다."

"저런. 저런. 이번 일로 울산에 섭섭한 게 많은가 보구만. 그래서 어떻게 할 계획인가?"

그러면서 은근슬쩍 내 계획을 물었다.

'어차피 알게 될 건데, 말 못 해 줄 이유는 없지.'

서울 혹은 부산에서 포럼을 할 것이며, 그 와중에 우리 논문을 언급할 거라고. 그리고 과연 진 교수의 사설이 진실인지, 편파적인 악의인지를 가릴 거라고.

내 이야기가 끝나자, 그가 말했다.

"성훈 군, 나는 건축을 잘 모른다네."

그냥 가만히 듣고 있었다.

의도를 모르니, 긍정도 부정도 할 수 없었다.

"만약에 내가 성훈 군이라면 말일세."

차를 한잔 들이키더니 말을 이었다.

"그 포럼을 유치원에서 하겠네."

'응? 그게 무슨 말이지?'

"실제로 자네가 하고자 하는 것은 논문과 건물에 아무런 이상이 없다는 것을 증명하려고 하는 것 아닌가? 그렇지?"

의외로 그는 내 마음을 꿰뚫듯이 보고 있었다.

"네. 맞습니다."

"하지만 지금 자네가 하는 행동과 추진하려는 방향에는 괴리감이 있어."

"그게 무슨 말씀이신지?"

"지금 자네는 건축가가 아니라, 정치인처럼 행동하고 있다는 말이지."

쾅.

그의 말이 내 뒤통수를 치는 소리였다.

'지금 나는 이 사람에게 그렇게 보이고 있다는 말인가?'

"내 추측이지만, 굳이 그렇게 일을 크게 키울 일이 뭐가 있는가? 자네가 초점을 맞춰야 할 것은 정치가 아니라, 건축이야. 그렇다면 그 무대 또한 유치원이어야 하는 것이지."

'아!'

나는 프랭크라는 인물을 불러들임에 설레어서 내 마음이

흔들렸다는 것도 모르고 있었다.

'낯는 말이란 건 부정할 수 없군.'

방심할 수 없는 사람이었다.

나라면 처음 만난 사람을 10분도 안 돼서 이렇게 꿰뚫듯이 판단할 수 있을까? 불가능하지.

'이래서 정치인과 말을 나누면 안 된다고 하는 것이었던가?'

총장에 버금가는 교묘한 어법을 구사하고 있었다. 너구리 같으니.

그 말을 하면서, 내게 은근히 미소를 지었다.

자기 말이 먹혔다는 것을 안다는 거겠지.

"인정할 수밖에 없군요."

그가 웃으며 너스레를 떨었다.

"뭐. 울산에서 한다고 해서 내가 딱히 뭔가를 하고 싶은 생각은 없다네. 난 그저 내 누이의 부탁을 들어주려는 것뿐이야."

'입에 침이나 바르고 말씀하시죠. 영감님!'

그런 거물을 울산에 데리고 온다는 것 자체가 그에게는 업적으로 남을 것이다.

그리고 프랭크와 악수하면서 사진 한 방 박겠지.

그걸 신문에서는 마치 시장이 그를 데리고 온 것처럼 떠들 것이고 말이다.

솔직히 시장이 나서서 홍보를 해 주는 행위로 내가 손해를 보는 것은 없다. 이득이면 이득이지.

'하지만 약 오르잖아. 하는 것도 없이 자치단체장이라는 이유로 슬쩍 무임승차하는 게.'

내가 곰이 되는 느낌이랄까?

나 혼자 북 치고 장구 치며 행사를 준비했는데, 사진은 그가 제일 많이 찍을 테니.

그 왜? 감정적 피해의식이라는 것 있지 않나!

난 뭔가 손해 보는 듯한 느낌을 받는 게 제일 싫고, 그런 행동을 하는 사람이 제일 얄밉다.

지금 내 앞의 시장이 그랬다.

그리고 그의 교묘한 화술에 넘어간 나 자신이 멍청하게 느껴진다.

'김성훈. 혼자서 그렇게 잘난 척 하더니.'

이상하게도, 나보다 나이가 훨씬 많은 사람에게는 이리 휘둘리고 저리 치인다.

총장이 그랬고, 눈앞의 시장에게도 마찬가지다.

연륜이란 쉽게 극복하기 어려운 산이었다.

'그래서! 네. 하고 따라가라고? 얻는 것도 없이?'

아니야. 그건 김성훈이 아니야.

그의 말이 맞다고 해서, 반드시 그의 말을 따를 이유는 없지. 이 일의 주체는 나 김성훈이라고.

무임승차하는 주제에!

당신이 내게 부탁을 해야지, 뻔뻔하게 그러라고 시키는 것이 아니라.

'나도 모르게 그렇게 하겠다고 할 뻔 했군.'

잠시 마음을 갈무리했다.

"흠. 시장님 말씀에 어느 정도 동감을 하지만, 그래도 그렇게 하기는 어려울 것 같군요. 그건 사진 한 장 언급하는 것으로 충분합니다."

이 말을 하면서 머릿속으로 계산기를 두드렸다.

'시장은 내가 진행하는 이벤트에 관심이 있다. 그리고 말하는 걸로 봐선, 지대한 관심이 있는 거라고.'

그럼 나는 서울에서 하는 것이 나을까? 울산에서 하는 것이 나을까?

서울시장이 눈앞의 시장처럼 신경을 써 줄까?

'아니지. 절대 아니지.'

그렇다면 시장이 손을 내밀 때, 손을 잡아야 하는 것이 이득 아닐까?

계산은 끝났다.

이왕 부른 프랭크라면 제대로 써먹어야 했다.

'500만 불을 투자하고 부른 거라고!'

다 넘어온 물고기로 생각했었던 모양이다.

시장이 당황하는 것이 보였다.

"어. 어. 그래도……."

"저도 가급적이면 울산에서 하고 싶습니다. 저 울산에서

25년을 살아온 토박입니다."

그가 말없이 고개를 갸우뚱거렸다.

'하고 싶은 말이 뭐냐?'는 눈치였다.

"그런데 문제가 하나 있습니다."

"문제? 무슨 말을 하는 건가? 내가 보기엔 문제가 없어 보이네만."

"기분 나쁘게 들리실까 봐서 말 못했습니다만. 이왕 이렇게 된 거, 솔직히 말씀드리겠습니다."

눈을 끔뻑하며 내 말을 재촉했다.

"무슨 말인지 몰라도, 내가 기분 나빠 할 일은 없을 걸세. 말해 보게."

"울산은…… 프랭크에 비해서 격이 모자랍니다."

"그 말은?"

"프랭크는 뉴욕 시장도 부르고 싶어서 안달하는 사람입니다. 그리고 저도 그를 모셔오기 위해서 저 나름대로도 고생을 많이 했습니다."

그는 내 말에 수긍이 가는 듯 고개를 끄덕였다.

"당연하지. 그렇게 쉽게 데리고 올 수 있는 사람이 아니지 않나?"

"그런데 울산은 너무 작지요."

"흠……."

서울이나 부산보다 울산이 작다는 것에 무슨 반박을 할 것인가?

무뚝뚝한 눈동자를 굴리며, 뭔가를 생각하고 있었다.

"시장님, 생각을 해 보세요. 프랭크를 서울도 아니고 울산으로 데리고 오는데, 뭔가 있어야 저도 면이 설 것 아닙니까?"

너구리야. 나 혼자 고생할 수 없다고. 당신도 좀 고생을 해야지.

"그렇게 두루뭉술하게 말하면 알아듣기 어렵지 않나?"

"울산에 올 만한 명분을 만들어 달라는 겁니다. 서울 쪽에서는 벌써 준비를 하고 있습니다."

아마도 준비를 하고 있을 것이다. 나는 모르지만.

'아마 그럴 거야.'

내 말에 손으로 턱을 긁으며, 신음을 토했다.

"흠. 벌써 거기까지 진행이 된 건가?"

눈썹을 으쓱했다.

진행이 된 건 아니지만, 그렇게 진행될 것이다. 어차피 그의 스케줄은 내가 꽉 쥐고 있으니까.

"아마도 서울로 정해지면, 발표를 하겠지요."

"흠."

그에게 결단을 요구하고 싶었다.

"서울의 몇 군데는 오늘 연락이 오기로 했습니다. 그중에서 한 군데를 선택해야겠죠?"

"그 결정 하루만 늦춰줄 수 있겠나?"

고개를 끄덕이며, 시장실을 나왔다.

"엉. 서울에서 할 거라면서?"

계획을 바꾼 데 대한 한 교수의 말이었다.

"생각해 보니까, 유치원이 주가 되는 게 맞더라고요."

"우리 성훈이, 시장한테 완전 당하고 왔는데."

큭큭거리며 나를 놀렸다.

"에이. 그건 아니죠? 저도 하나 던져주고 왔는데요. 지금 쯤 회의하느라 정신없을 걸요."

"왜 굳이 그렇게 일을 만들려고 하냐?"

당연히 나올 만한 질문이었다.

"진 교수가 하도 인맥 자랑을 해대서, 저도 좀 만들어 보려고요."

"그거랑 시장이 일 만드는 거랑 무슨 상관이 있는데? 시장이 얄미워서 약 올리려는 거 아니고?"

어깨를 으쓱이며 말했다.

"그것도 없지는 않은데요. 얼굴 한 번 본다고 그게 인맥은 아니잖아요."

"그렇기는 하지. 한국에서는 그것도 인맥으로 생각하는 것 같더라만."

한국에서는 같은 학교, 같은 동네라는 것만으로도 인맥이
된다. 아마도 한국 특유의 정(情)이라는 정서 때문이리라.

"아마 프랭크의 강연회나 방송에는 수많은 건축인이 그를
만나고 싶어서 올 거예요."

'프리츠커상'/주석6(※ 작가주(위키백과 참조)

프리츠커 건축상 :

(Pritzker Architecture Prize)은 매년 하얏트 재단이 "건축
예술을 통해 재능과 비전, 책임의 뛰어난 결합을 보여주어
사람들과 건축 환경에 일관적이고 중요한 기여를 한 생존한
건축가"에게 수여하는 상이다. 1979년 제이 프리츠커(Jay A.
Pritzker)가 만들고 프리츠커 가문이 운영하는 이 상은 현재 세
계 최고의 건축상이다.

이 상은 국적, 인종, 종교, 이데올로기와는 관계없이 주어
진다. 또한 건축적 작업을 이루기 위해 들어간 양질의 혁신
성과 건축적 사고의 훌륭함이 이 상의 기준이 된다. 건설 기
술의 적절한 사용에 대한 기여도 역시 중요 요건이다.

수상자는 100,000 미국 달러와 루이스 설리번이 디자인한
청동 메달을 받게 된다. 프리츠커상은 수상자 선정 과정이
노벨상과 유사하기 때문에 때때로 '건축계의 노벨상'으로도
불린다.

2000년을 기준으로 볼 때, 총 22명이 수상하였으며, 그중
생존자는 18명이다.)/은 높은 건물을 짓는다고 주는 상이 아

니다. 그 상은 건축예술에 있어서 어떤 한 획을 그은 사람에게만 수여된다.

건축의 비전을 제시한 자들에게 주어지는 것이다. 그것은 깨달음이고 각성이다.

전 세계가 인정하는 초고수들만이 받는 상이다.

그래서 건축인들은 그들과 대화를 나누기 위해 열광한다. 깨달음이란 순식간에 오는 것이라, 고수와의 대화 몇 마디를 통해서도 자신의 껍질을 깰 수 있는 것이다.

'프랭크를 만나고 싶어 하는 자들이 누구일까?'

어중이떠중이들?

만나도 그의 대단함을 알지 못한다.

그의 수준에 근접하는 고수들이 프랭크 주위로 모일 것이다. 나이, 성별, 인종 구분 없이.

한 교수도 나의 말에 동의했다.

"그걸 가려내는 것도 일일 거야. 할 수 있겠어?"

다른 사람은 몰라도 나는 할 수 있다.

왜?

누가 알곡이고, 누가 가라지인지.

나중에 누가 어떤 사람이 되는지 알거든.

'나도 알아. 그게 사기적인 스킬이라는 거.'

"하지만 그 만남이 한 번으로 끝나서는 의미가 없죠. 뭔가 건덕지가 있어야 계속 교류할 거 아니에요?"

'얼굴 한 번 봤다고 인맥인가? 어림없는 소리.'

제대로 된 인맥을 만들기 위해서는 끊임없이 나를 어필하고 나의 매력을 알려야 한다.

내가 어떤 사람인지 알 수 있도록.

믿을 만한 사람인지 아닌지, 함께 교류를 해도 될 사람인지 아닌지.

"음. 일리 있는 말이네. 생각 많이 했네?"

울산은 작은 도시지만, 돈이 많은 곳이다.

그리고 시차원에서 투자를 하는 것은 믿고 덤벼볼 만한 일이다. 절대로 돈을 떼이지는 않으니까.

"그 사람들의 구미를 당길 만한 일을 던져주면 되는 거죠. 하루 이틀에 끝나지 않을 일을."

"시장이 하려고 할까? 그렇게 큰일을?"

그 말에 고개를 끄덕였다.

시장이 임기를 늘리려고 하면, 지금부터 부지런히 업적을 만들어야 한다.

시민들의 마음에 각인되게끔.

"할 거예요. 지금 그는 업적에 목말라 있거든요."

'한평생 살면서 유능한 건축가들과 교류할 수 있는 이런 기회가 또 올까?'

나는 감히 장담할 수 없다.

'그러니까 이 기회를 철저하게 이용해야 한다고.'

왜 울산에 일거리를 늘리려고 하냐고?

건축가에게 건축은 일이 아니다.

놀이이고 도전이며 창작욕의 근원이다.

＊

오늘도 여전히 시장은 바쁘다.

"이 영감님은 사람을 불러놓고는 항상 늦네."

어제는 생각이 많아서 시장실을 둘러보지 못했는데, 휙 하고 둘러보니, 그의 취향이 보였다.

"축구광인가 보네."

그렇게 생각할 수밖에 없는 것이 진열장에 놓여 있는 것들이 전부 축구 관련 트로피였다.

흔한 골프 트로피라도 하나 있을 만한데 보이지 않았다.

골프에 관심이 없다거나, 아니면 아주 실력이 떨어진다는 거겠지.

'그래도 시장이면, 그런 거 하나 정도는 성의로라도 주지 않나?'

이런 생각을 하고 있는데 시장이 들어왔다.

"아이구. 성훈 군. 많이 기다렸지?"

한 번 봤다며 친근감을 표하는 그에게 인사했다.

"아닙니다. 방금 왔습니다."

"앉게나."

그리고는 내게 문서를 내밀었다.

"이 정도면 어떤가?"

어제 시장이 제안하겠다고 했던 프로젝트였다.

〈울산 발전을 위한 2개년 계획〉

어이가 없었다.

'일을 책상에서만 하시나 봅니다.'

제목을 보고 시장의 얼굴을 쳐다봤다.

"왜? 내 얼굴에 뭐가 묻었나?"

"아닙니다."

근시안적인 시선에 잠시 웃음이 나왔을 뿐이다.

울산이라는 대도시의 발전을 추구하는 데 고작 2년이면 충분할까?

'그래도 일단 읽어는 봐야겠지.'

말없이 페이지를 넘겼다.

'흠. 시간이 정말 없기는 없었나 봅니다. 시장님.'

날림으로 만들어진 계획들이 눈에 들어왔다.

목차와 순서는 완벽했다.

다만 문제는 그것을 진행하는 시간이었다.

'전쟁이 나도 이 속도로는 어려울 것 같은데.'

메주를 쑤어도 시간이 필요하듯이, 건축물에도 시간이 필요하다.

뚝딱 만들어지지 않는다.

로마가 하루아침에 이루어지지 않은 것처럼.

'도시 계획이 건물 하나 짓는 것도 아니고, 2년 만에 끝날 리가 없잖아요.'

내가 건축과 토목에 문외한이었다면, 고개를 끄덕였을지도 모른다.

이론상으로는 그럭저럭 괜찮았다.

'시장님 임기 내에 모든 것을 끝내려고 하시는 겁니까?'

시장도 정치인이니, 다음 선거에 돌입하기 전에 이렇다 할 업적을 만들고 싶은 심정은 이해한다.

'그렇게 빨리빨리 업적을 만들고, 더 높은 자리, 힘 있는 자리로 올라가고 싶겠지!'

건축의 숙성 시간을 무시하고 불도저처럼 토목사업을 밀어붙였던, 미래의 그분이 떠올랐다.

'당신이 싸질러 놓으면 누가 치우라고, 이런 계획을 세우십니까?'

자금 부족으로 혹은 구조상의 결격 사유로 인해, 짓다가 방치된 건물을 본 적이 있다.

'짓다 만 건축물은 그 자체로 쓰레기지!'

완성시키기도 애매하고, 그렇다고 버리자니 돈이 많이 드는 쓰레기.

책임감 없는 건축주와 건축가에 의해서, 오늘도 건축물 쓰레기가 만들어지고 있을 것이다.

지난 삶에서 어떤 통치자가 온 나라가 들썩거릴 정도로 큰 사업을 진행했었다.

대한민국 젖줄 전반을 건드리는 큰 사업이었다.

그 사업은 한국에 크나큰 아픔을 남겼고, 여름이 되면 온 국민이 그의 이름을 떠올리게 한다.

악취와 물난리로 말이다.

5년 업적 때문에 수십 년의 비난을 받게 되었다.

'건축은 시작보다 마무리가 중요합니다.'

하다가 싫증 난다고 버려도 되는 종이접기가 아니다.

국민의 혈세로 진행되는 토목사업은 더더욱 그러하다.

어설픈 계획으로 진행할 바에는 아예 시작하지 않는 것이 낫다.

꼼꼼히 다 읽어 보고 서류를 내려놓았다.

'이걸 어떻게 말해야 할까?'

잠시 고개를 숙이고 생각을 하다가 시장을 바라보았다.

"왜? 그 정도면 괜찮지 않나?"

가만히 있으려니, 그가 말을 이었다.

"쩝. 맘에 안 드는 모양이구만."

무표정하게 있었는데도, 잘도 넘겨짚는다.

'어차피 내 맘에 들게 하려고 가지고 온 계획서가 아니었나?'

그래서 시장에게 물었다.

"이 보고서, 제 맘에 들게 고쳐도 되겠습니까?"

내가 무슨 말을 하려는지, 살펴볼 요량으로 나를 물끄러미 쳐다본다.

"어차피 나는 자네가 하는 일에 동참을 하고 싶으이. 맘에 안 드는 것이 있다면 고쳐 보게."

"고치면 그대로 하실 겁니까?"

"울산이 바뀌는 사업이네. 검토는 해 봐야지."

'그런 분이 이렇게 날림으로 짜셨습니까?'

안 봐도 불을 보듯 뻔하다.

제대로 된 건축 공무원이 짰으면 이런 계획이 나올 수가 없다. 그런 사람이 있다면, 제일 먼저 사표를 받아야 할 테니까.

그들이 세운 계획을 정치행정가가 손을 봤겠지. 시간만 약간 고치면서 말이다.

"시장님, 펜 하나만 주시겠습니까?"

시장이 옆에 있는 펜을 집어서 내게 건넸다.

"자. 여기."

"어떻게 고쳐도 말씀 안 하실 거지요?"

"그래. 자넨 내가 한 입으로 두말할 사람으로 보이나?"

"믿어 보겠습니다. 시장님."

내 도전적인 시선에 그도 굳건한 눈빛으로 응했다.

표지의 숫자 하나를 고치고, 두 글자를 써넣었다.

시장은 내 하는 모양을 물끄러미 지켜본다.

그리고는 표지만 떼어내 시장에게 내밀었다.

"어? 알맹이는 안 고치나?"

"이건 필요 없습니다."

남아 있는 뒤 페이지들을 휴지통에 조용히 집어넣었다.

수십 장의 종이가 휴지통에 후두둑 떨어졌다.

'응?'

내가 무례하게 보였을까?

'쓰레기라고 하고 싶은 걸 참는 겁니다.'

시장이 나를 멍하니 바라본다.

"저게 있어야 할 자리는 여기가 맞습니다."

어이없는 표정을 짓다가, 살짝 얼굴이 붉어졌다.

그리고는 내가 내민 종이로 눈이 향했다.

〈울산 발전을 위한 5개년 계획 공모〉

"공모?"

"네. 어제 저는 건축가들을 불러들일 거라고 말씀드렸습니다."

시장이 고개를 끄덕였다.

"진심으로 그들을 쓰려고 하면 이 정도는 되어야 합니다."

이미 계획이 끝난 곳에 건축가들을 불러서 뭘 하겠는가? 벽돌을 쌓겠는가? 미장을 하겠는가?

그들이 침을 흘리는 것은 자신의 재능을 발휘할 수 있는 무대일 것이다.

"이번에 초대할 건축가 중에 누구를 앉혀놔도 저것보다는 나은 계획을 짤 겁니다."

"그건 그렇다 치고, 5년은 뭔가?"

시장의 눈가에 불쾌한 기색이 어린다.

"시장님, 하나만 여쭤 보겠습니다."

"뭔가?"

"울산 외곽에 아파트 단지를 건설한다고 하셨습니다."

"그랬지."

분노를 숨기는 무심한 눈으로 말을 이었다.

"시민들의 집을 짓는 게 뭐 어때서?"

"의도가 문제가 아닙니다."

"응?"

"시간이 문제입니다. 교통이 편한 부지를 선정하는 데 걸릴 시간은 어디에도 없고, 터파기 공사만 해도 몇 달은 걸릴 텐데, 한 달로 계획되어 있습니다."

"부지야 빈 땅 찾으면 되고, 터파기는 그 정도면 된다던데?"

지질조사도 안 하고 그런 말을 한다는 말인가?

진짜로 그렇게 말했다면, 그는 아첨꾼이다.

"어느 부서분인지는 모르겠지만, 제일 먼저 자르십시오, 울산 말아먹을 사람입니다."

내 눈을 마주치지 못하고, 연신 헛기침을 해댄다.

굳이 2년에 시간을 맞춘 이유가 뭘까?

내 생각에는 하나밖에 없었다.

임기!

"아마도 2년이라는 숫자는 2002년 6월 30일, 시장님의 임기에 맞춘 거겠지요?"

뜨악했나 보다.

목을 앞으로 쭉 내밀며 물었다.

"어떻게 그걸?"

정치라고는 관심도 없는 것 같은 젊은이가 그의 임기를 알 거라고는 생각도 못했던 모양이다.

내가 어떻게 아냐고?

그에 대해 조사를 했냐고?

정치라고는 개뿔도 모르는 내가 그럴 리가 없지!

2002년 6월 30일은 월드컵이 끝나는 날이다.

세계인의 축제가 끝나는 날이지. 지난 삶에서 월드컵의 열기가 얼마나 뜨거웠던가?

구기 종목에 관심이 없는 나도 알 정도였고, 우연히 시장의 임기도 그때라서 기억하고 있었던 것뿐이다.

그의 반응에 대충 그림이 그려졌다.

"건축행정의 직원들은 반대를 했겠지요."

"크흠. 크흠."

그리고 당신은 그 기간에 맞추라고 닦달을 했을 것이고.

그림이 그려졌다.

윗사람이 닦달을 하니, 안 되는 것을 알면서도, 그의 구미에 맞춰서 보고서를 짰을 것이다.

'그러니 이런 보고서가 나오는 거겠지.'

"흠. 그래도 실행 가능한 계획서를 다시 짜면 되는 것 아니겠나? 조금 더 규모를 작게 해서."

누누이 말하지만, 건축물은 한 번 만들면 수십, 수백 년을 간다.

"한 번 잘못 세운 건축물 때문에 다음의 도시계획이 모두 어그러질 겁니다. 순간의 욕심 때문에 큰 그림을 망치게 되는 거죠."

"그런가? 그래도……."

그냥 안 된다고 포기하면 될 것을, 나는 왜 이렇게 대화를 하고 앉았을까?

서울과 부산에 비교해서 울산이 가진 압도적인 장점이 있다.

'개발할 곳이 아직 많이 남아 있지.'

공단과 울산 번화가들을 제외하면 아직도 울산은 허허벌판이다.

복잡한 도로 사정과 밀집한 주택가.

공업도시로서의 발전을 이루었을지언정, 진정한 대도시의 인프라는 턱없이 부족했다.

'내 마음대로 도시를 만들고 싶어. 두바이처럼.'

이미 시장은 내 의견을 존중하고 있다.

하지만 시장은 프랭크와의 만남이라는 목적을 이루면, 그가 아쉬울 것이 없다.

'나는 팽 당하면 끝이지. 그렇지 않기 위해서는 시장도 뭔가를 걸어야지. 그것도 공개적으로.'

프로젝트를 기정사실로 하고, 나 혹은 한 교수가 지휘권을 갖고 싶었다.

그렇게 하려면 그의 지속적인 협력이 필요했다.

'그걸 도와줄 전문가도 필요하지.'

일부러 공모를 하자고 하는 것도 인재를 조달하기 위해서지. 내 마음에 쏙 드는 인재를.

시장의 결단을 촉구했다.

할 건지, 말 건지.

"단언하건대. 이 프로젝트를 그대로 진행하면, 시장님의 다음 선거는 실패로 끝날 겁니다."

시민들을 하나하나 납득을 시켜야 합니다.

"왜? 내가 실패할 거라고 생각하나. 내 선거 경력이 몇 번인지 아나?"

지금은 그의 정치인생 중 가장 빛나는 순간이었고, 자신을 가질 만했다.

"국회의원 2번 당선, 그리고 여세를 몰아서 울산 시장에 2번 당선이 되셨죠."

그가 눈매를 꿈틀하면서 물었다.

"그걸 알면서도 그런 소리를 한다는 말인가?"

"그럼……."

할 말이 있으면 해 보라는 듯, 백전노장이 뜨거운 눈빛을 쏘아 보낸다.

휴. 꼭 말을 해야 알아듣는다니까.

그의 눈을 똑바로 쳐다보며 말했다.

"실패는 몇 번이나 하셨는지 말씀드려볼까요?"

그의 눈 밑이 파르르 떨렸다.

"실적도 없는데 이 상태로 가시면, 다음 선거는 필패! 시장님의 정치 인생은 그걸로 끝!"

"……."

"더 말씀드릴까요?"

실제로 그의 인생은 그랬다.

시민들에게 괜찮은 시장으로 남은 자라고 했지만, 그건 시장의 자리에서 물러난 후에 한 행동 때문이지. 시장으로 있을 때는 이렇다 할 업적을 남기지 못했다.

시장도 그것을 어렴풋이 알고 있기에, 이렇게 매달리는 것이 아닐까?

이 상태로는 다음 선거에서 확실히 낙선한다.

나도 알고, 시장도 안다.

서로 아는 경로는 다르겠지만.

"어떻게 하면 좋겠는가?"

"저는 선거 참모가 아닙니다."

시장은 노련하게 말을 돌렸다.

"도시계획을 묻는 것일세."

"고작 2년으로 콩 볶듯이 날림 공사를 하는 것이 아니라, 5개년 계획을 하되, 중간중간 지속적으로 성과를 시민들에게 보고하는 겁니다."

"그러면 그것만으로도 성과가 될 것이다?"

그래야 시장도 계속 신경을 쓸 것이고.

"네. 확신합니다."

잠시 생각에 잠겨 있던 시장이 말했다.

"확실하게 보이는 결과를 내야 할 걸세."

어차피 시장은 탈출구가 없다.

건축 사업을 많이 일으킨다고 시민들이 알아주지 않는다.

시민들의 뇌리에 남아야 한다.

프랭크의 방문은 그런 의미에서 좋은 기회로 보였을 것이다.

'한동안은 내 말이 먹히겠지.'

이후 시장의 행동은 내가 만들어가는 결과에 따라 달라질 것이다.

"공모사업 금액은 연간 1,000억 이상이라고 발표하셔야 할 겁니다."

"알겠네."

지금의 내 선택은 울산을 바꿀 것이다. 그리고 미래도 바뀌겠지. 적어도 내가 알던 과거에는 울산에서 이런 일이 생기지 않았으니까.

점점 더 내가 확신할 수 없는 미래가 될 것이다.

나는 다른 사람들에 비해 우위를 잃게 될 것이고.

'그래도 괜찮아.'

이미 나는 과거의 내가 아니다.

1년 전, 마이어와 얘기할 때, 미래의 변화를 겁냈던 나는 이미 없다.

내 결정으로 인해 미래가 더 나은 방향으로 진행될 수 있다면, 나는 변화를 시도할 것이다.

그리고 변화는 이미 시작되었다.

"에잉, 서울에서 했으면 좋았을 텐데."

서울에서 방송을 타지 못하는 게 아쉽다는 노 교수의 푸념이었다.

시간이 널널했는지, 아니면 우리 건물을 보고 싶었던 것인지, 울산까지 내려와서 바쁜 나를 괴롭히고 있다.

"이유는 이미 말씀드렸잖아요. 우리 유치원 건물이 메인이 되어야 한다고요."

노 교수의 푸념을 막으며 그에게 물었다.

"말씀드린 건축가들에게는 연락 넣으셨어요?"

"이놈아, 늙은 나를 꼭 부려먹어야 하는 거냐?"

세상에 공짜가 어디 있나, 그만한 대가를 얻으려면 그만한 노력을 해야지.

"누구누구 온대요?"

"거의 다 오겠다고 하더구나. 나라도 이런 기회는 놓칠 리가 없다만."

그러면서 내게 물었다.

"도대체 무슨 수로 그런 인재들을 찾아낸 거냐?"

"에이, 아직은 그렇게 유명하진 않을 텐데요?"

"나도 이름을 모르는 녀석이 많아서 틈틈이 수소문을 해봤다. 그런데 다들 제자리에서는 한가락 하는 녀석들이더군."

그럴 것이다. 일부러 그런 사람으로 골라서 찾았으니 말이다.

"운이 좋았죠? 뭐."

"그러니까 하는 말이다. 네놈이 얼마나 운이 좋길래, 숨어 있는 보석들을 그렇게 무더기로 콕콕 찍어냈느냐, 이 말이지. 나도 몰랐던 녀석들을."

노 교수는 안광을 번쩍이며 내 대답을 재촉했다.

'이 노인네. 제법 예리한데?'

뒤통수를 긁으며 너스레를 떨었다.

"건축사 협회 인명록 보니까 다 나와 있던데요? 거기서 대충 고른 거예요. 젊은 분으로."

실제로 도산소장이 가지고 있는 인명록을 뒤지면서 내가 초대하고 싶은 사람들을 뽑아냈었다.

내가 미래에 잘되는 사람들을 다 기억하고 있었을 리는 없지 않은가?

수천 명의 이름과 얼굴을 보면서, 내 기억에 남아 있는 건축가들을 뽑아내는 수밖에 없었다.

주로 한 교수와 비슷한 나이 또래이거나 혹은 더 어린 사람들로 말이다.

이름, 나이, 지역, 소속을 대충 꼽으면, 그 인물에 대한 기억이 어렴풋이 떠올랐다.

지난 삶, 건축에 관심이 없었던 내 기억에도 남아 있는 인물이라면 평범한 건축가는 아닐 터.

'이들이 차세대 한국 건축을 선도할 사람들이지.'

저마다의 생각과 아이디어로 한국 건축에서는 한 획을 그은 사람들이었다.

아쉬운 건, 나보다 어린 사람들이 없다는 것.

'쩝, 그랬다면 다루기가 훨씬 쉬웠을 텐데.'

기본적으로 건축기사 1급 자격증을 따고도 7년간의 현장

경력이 있어야 건축사 시험의 자격이 주어지는데, 내 나이 또래의 건축사가 있을 리가 없었다.

"그래, 이곳이 네가 설계한 건물이더냐?"

노 교수를 데리고 실내로 들어갔다.

아직 이동 벽체를 제자리에 놓기 전이라서 마루만 보였다.

"와! 정말 넓구나. 운동장만 해."

아무리 유아들을 위한 유치원이라고 해도, 실제로 어마어마하게 넓었다.

"네, 아무것도 없으니까요."

노 교수는 천장과 마루를 보며 말을 이었다.

"저기다가 레일을 놓고 벽을 걸 모양이지?"

"네.

노 교수를 안내하며, 유치원을 논문과 비교하며 설명했다.

그는 지팡이를 짚고도 힘들지 않은지, 건물 곳곳을 돌아다니며 질문을 해댔다.

"저 천장의 콘센트는 뭐냐?"

"그거야 벽에 콘센트를 사용하려면 전기를 연결해야 하잖아요. 이동식으로 되어 있으니, 벽으로 직접 연결할 수가 없었어요."

시간이 좀 더 지나고, 기술이 발전하면 단자를 이용해 이동 벽체에 바로 전기를 연결할 수 있겠지만, 지금으로써는 저게 제일 간단한 방법이었다.

"걸리적거리지는 않겠지?"

"매입식으로 되어 있고, 전선 연결도 커넥터 방식으로 해놔서, 전선 빼는 걸 잊고 벽을 민다고 해도, 자동적으로 빠지게 해뒀어요."

"흠. 그럼 위험하지는 않겠군."

"네, 아이들이 이용하는 곳이니까, 안전이 최우선이죠."

"그래, 그건 아주 바람직한 생각이야. 비단 유치원 말고 다른 곳에서도 그렇게 하도록 해."

교수의 질문이 이어졌다.

"왜 저 모서리 부분은 둥글게 돌린 거냐?"

논문에는 이런 디테일한 설명을 해두지 않아서 묻는 것이리라.

논문의 주된 내용은 구조에 관한 것이라서, 유치원의 모든 내용을 넣지는 않았었다.

"최대한 기둥에서 멀어지지 않도록 하려고요."

물론 유치원의 평면은 완전한 원형은 아니었다. 모서리지는 부분을 둥글게 굴렸을 뿐이다.

그것만으로도 기둥으로 향하는 케이블의 길이를 최소화할 수 있었다.

노 교수가 내 얼굴을 힐끗 보고는 말했다.

"흥. 꼼수를 많이 부렸는걸!"

"꼼수라니요. 그리고 사각형 모서리까지 모두 힘을 받게 하려면 케이블이 얼마나 길어지는지 아세요?"

꼼수라니, 이것도 얼마나 머리를 굴리면서 짜낸 건데.

흥분하는 내가 재밌었던지, 말을 툭 뱉었다.

"누가 뭐랬냐? 그게 꼼수지, 별게 꼼수냐?"

"그렇게 따지면, 르 꼬르뷔제가 롱샹의 창을 그렇게 제멋대로 만든 것도 꼼수라고요."

"이놈이 말이 딸리니까, 아무나 막 갖다 붙이는 거 보소. 꼬르뷔제가 거기에 갖다 댈 사람이냐!"

"말이 그렇다고요."

내 말에 피식 웃으며 노 교수가 물었다.

"그럼 가벽들은 어떤 식으로 고정할 건지도 생각해 뒀겠지? 가벽이라도 흔들흔들 해버리면 큰일 난다."

"흥. 걱정하지 마시죠."

마루 중간중간에 설치된 사각 틀을 가리켰다.

"저기다가 고정시킬 거예요."

그는 무릎을 꿇고 앉더니, 틀의 뚜껑을 열었다.

"흠. 이런 식으로 고정을 하겠다?"

"천장에도 그거랑 같은 위치에 있어요."

그는 내 말에 고개를 들어 천장을 확인했다.

"흠, 그렇구만."

그리고 일어서며 말했다.

"저기 걸려 있는 것들이 벽체지?"

"네."

"말로는 모르겠으니까, 직접 가져와서 설치해 봐라."

'어째 안 시키나 했네. 귀찮은데.'

나는 이미 어떻게 설치되는지를 알고 있었다.

내가 이 벽체 개발자라고.

노 교수가 재촉을 했다.

"얼른 안 가져오고, 뭘 구시렁거려! 이놈아."

벽을 밀고 왔다.

"왜 기계식으로 하지 않고?"

"이렇게 밀어도 가능한데, 굳이 기계식을 할 필요가 없죠."

교수도 궁금했던지, 자신이 벽을 잡고 밀었다.

"호오, 생각보다 무게감이 덜하구나."

"처음에는 콘크리트로 할까 했는데, 제작해서 거는 과정이 번거로울 것 같아서, 그냥 경량 판넬로 만들었어요."

"약하지는 않고?"

"설치하고 보여드릴게요."

"움직일 때는 흔들림이 있는데, 모터를 쓰지 않은 다른 이유가 있느냐?"

노 교수의 말도 일리가 있었다.

모터를 달면 일정한 속도를 유지할 수 있기에, 이동하는 벽의 흔들림이 적어져서, 천장이나 벽에 긁힐 우려가 적다.

그만큼 천장과 벽의 틈을 최소화할 수 있겠지.

당연한 말이겠지만, 벽이 천장 높이와 같아서는 이동을 시킬 수가 없다.

이동을 한다고 해도 무리한 힘을 써야 하고, 마루나 천장 마감이 다 긁히게 마련이었다.

그걸 방지하시 위해서는 적어도 5㎝이상의 유격을 만들어야 했고, 그 유격이 생김으로 인해 노 교수의 말처럼 흔들림이 발생했다.

"여기서 더 이상 하중을 늘리고 싶지는 않아요. 게다가 벽에 모터를 하나도 아니고. 적어도 네 개 이상은 달아야 하는데, 그럴 바에야 그냥 미는 게 나아요."

노 교수는 계속해서 지적을 했다.

"바닥에서 굴러가는 소리가 나는데?"

"그건 어쩔 수 없었어요. 바닥에 롤러라도 붙여야 최대한 천장이 하중을 덜 받는다고요."

그냥 매달리는 벽이 되어서는, 그 하중이 모두 천장으로 집중될 수밖에 없으니, 나름 꼼수를 부린 거였다.

벽을 자리를 맞추고, 벽의 아랫부분을 열었다.

"엥? 그건 또 뭐냐?"

"똑딱이요."

"똑딱이?"

가구에서 쓰는 똑딱이를 말하는 것이었다. 물론 지금의 경우는 상당히 커서 똑딱이라고 부르기에는 무리가 있었지만 말이다.

유리 현관문을 고정시킬 때, 위아래 잠그는 것을 상상하면 되겠다.

"아까 교수님이 흔들린다고 지적하셨잖아요?"

"응 그랬지."

"벽을 고정시키려고 일부러 만든 거예요."

흔들림 방지를 위해서 가구에서 사용하는 스프링 똑딱이의 방식을 차용해서 벽과 바다 사이의 체결을 완벽하게 할 필요가 있었다. 물론 천장에도 동일한 똑딱이가 있었다.

"홋. 나 참."

노 교수가 앉은 채 나를 돌아보며 웃었다.

"재미있는 걸 많이 집어넣었네. 똑딱이라니."

"어쩔 수 없잖아요. 겨우 이거 하는데, 비싼 기계장치를 쓸 수도 없고. 그나마 최소 비용으로 효율을 내는 방법이라고요."

"홋. 나름 최첨단인데?"

노 교수는 나를 놀리고 있었다.

하지만 그의 눈에는 흐뭇함이 맺혀 있었다.

기계장치라고는 하나 없는 똑딱이가 최첨단일 리가 없지 않은가?

하지만 이 상황에서 이보다 더 간단한 해법이 있을까? 내 고민의 결과물이었다.

'전직이 가구 전문이었다고요.'

그의 장난에 미소로 답했다.

"당연하죠. 이런 식으로 집 짓는 사람 보셨어요?"

이 건물에 돈질을 하려고 들었다면 얼마든지 할 수 있었다. 원장은 돈이 많다.

최첨단 센서는 물론이고, 벽체마다 모터를 몇 개씩이나 못 달 이유가 없으니까.

하지만? 그렇게 할 이유가 어디 있어?

'이 벽이 움직이는 건 고작해야 일 년에 한두 번일 거라고.'

그 한두 번을 위해서 수천만 원을 쏟아부어야 한다고?

그건 삶의 편의가 아니라, 물자의 낭비다.

"그리고 기계는 고장이 날 수 있지만, 이 똑딱이는 고장이 거의 안 나죠."

"그건 확실하군. 단순하면 고장의 위험이 적지. 끙."

똑딱이를 보던 노 교수가 무릎을 짚고 일어났다.

벽을 밀어 보고는 내게 말했다.

"흠, 확실히 튼튼하구나. 잘 고정시켰어."

"그러니까요."

"넓은 공간을 만들려고 신경을 많이 썼네."

기둥을 줄이기 위해서 잡다하게 손가는 부분이 많았지만, 나는 만족스러웠다.

"그래도 이 정도면 신경 쓸 만하지 않을까요?"

그는 내 말의 의미를 알아챘다.

"그러게 말이다. 트러스와 철제 빔을 사용하지 않고도, 이런 공간을 만들 수 있다니 말이다."

"공간이 생각보다 잘 나왔죠?"

"그래, 여기까지는 합격점이다."

노 교수가 건물 안에 있는 유일한 고정 벽체인 원장실을 지팡이로 가리키며 말했다.

"그럼 이제, 논문에 나온 구조를 확인시켜 줘야지?"

흥미 가득한 눈으로 내게 안내를 재촉했다.

"우와, 일반 내력벽과 비교해도 엄청나게 두껍구나."

그런 말이 나올 만도 하지.

벽 두께가 30㎝였으니, 일반 벽보다 1.5배 이상 두꺼웠다. 작은 기둥 두께쯤 되려나.

"계산상으로는 좀 더 줄일 수 있었는데, 이것 말고는 기둥이 없어서 심적으로 불편하더라고요."

"흠. 좋은 선택이야. 설계자가 마음이 불편하면 안 되지."

유치원을 통틀어서, 하중 버팀목이라고는 달랑 그거 하나였다.

굳이 사람들에게 말을 하지 않으면 이 유치원에 기둥이 없다는 것을 모르겠지.

알게 되는 순간은 학예회를 하기 위해서 벽을 제거할 때가될 것이다.

기둥이 없다는 것 자체가 상식을 벗어나는 것이고, 사람들은 상식 외의 것은 생각하지 않는다.

기둥이 없다고 사람들이 두려움에 떨까?

나는 그렇게 생각하지 않는다.

"벽을 설치하고 나면, 다른 건물과 별 차이를 느끼지 못하겠죠."

기껏 해야 기둥이 없어서 걸리적거리는 게 없네. 이 정도?

노 교수도 고개를 끄덕였다.

"두려움도 알아야 생기는 거지. 하룻강아지가 범 무서워하는 거 봤나?"

건축가가 제대로 하면, 사용자들이 두려움을 느낄 일은 없을 것이다.

계단을 타고 옥상으로 올라갔다.

"오오, 옥상을 어떤 식으로 사용하려나 하고 궁금해했더니, 이렇게 했구나!"

아직 옥상의 마감은 끝나지 않았기에, 지붕 슬래브의 중간중간에 케이블을 연결하는 부분들이 나와 있었고, 케이블의 궤적도 모두 보였다.

노 교수가 나를 보며 감탄했다.

"케이블 두 개를 하나로 엮어서 묶었어."

"네, 케이블 수대로 다 기둥에 연결시키려고 하니까, 옥상에 공간이 아예 없어지더라고요. 'Y'자로 두세 개씩 묶으니까, 공간이 생기기에 그렇게 해버렸어요."

"그랬군. 난 그 부분이 제일 의아했었거든. '옥상에 케이블이 거미줄처럼 엮여 있을 텐데, 무슨 놀이터를 만든다는 거지?' 하고 말이야."

"그나마 여기가 가장 신경을 많이 쓴 부분이에요."

"허허허. 여기가 진정한 꼼수의 전당이로세."

"아 참, 꼼수 아니라니까요."

"꼼수면 어때? 제대로 계산해서 만들면 되는 거지. 노하우가 별건가? 그게 노하우야."

내가 하면 노하우고, 남이 하면 꼼수다?

그런 말이 아니다.

내 생각이지만, 시공에는 꼼수가 많이 필요하다. 모두 책에 나온 대로 시공할 수 없다는 말이다.

하나 그 꼼수가 잠시 잠깐의 위기 모면의 의도라면 마땅히 경계해야 하겠지만, 그런 것이 아니라면 그 또한 노하우라 할 수 있지 않을까?

"흠, 뭐 딱히 흠잡을 것도 없구만. 잘했어."

"흥. 원래 흠잡을 것도 없었거든요?"

"녀석. 자신만만해하기는."

"사실 이 디자인 잡느라고 얼마나 머리를 굴렸는데, 그걸 검토도 안 해보고 비난을 하니까 열이 확 받더라고요. 진 교수 그 인간!"

생각만 해도 짜증이 나는 인간이었다.

"하면 진 교수, 그놈은 여기 와서 이것을 봤느냐?"

"흥. 그럴 리가 없잖아요!"

"보지도 않고, 그렇게 비난을 한다고? 교수라는 작자가 정신머리 없기는."

애초에 볼 생각이 없었을지도 모른다.

열변을 토해냈다.

"진정으로 의문을 제기했었다면, 앞뒤 문맥을 파악하고 한 교수와 제 의도를 알았겠죠. 그래도 이해가 안 되면 논문의 데이터가 어디를 예로 잡은 거냐고 물어보기라도 했을 거예요."

"학문을 하는 자라면, 그게 당연한 반응이겠지!"

"그런 게 아예 없었다고요. 그 사람은 그냥 우리를 까고 싶었던 거예요. 진짜로."

"그래서 이런 일을 꾸민 것이고?"

"네!"

문제는 노 교수처럼 직접 와서 확인하지 않은 사람들에게는 진 교수의 말이 먹힌다는 것이다.

내가 옳고 그름을 떠나서, 그걸 확인시켜 줄 방법이 없으니 내가 얼마나 답답했을 것인가?

'물론 진 교수가 약 올린 것도 한몫했고.'

"진 교수 쪽에서 언론을 쥐고 있으니까, 어떻게 반박할 방법이 없잖아요. 그렇다고 사람들 일일이 찾아다니면서 해명할 수도 없고."

이 답답한 내 속을 누가 알랴!

"그래서 언론을 끌어들이려고 프랭크를 불렀다. 이 말이렷다?"

"네, 그 때문에 무대를 여기로 잡은 거죠! 봐라! 진 교수 말대로 우리가 진짜로 말이 안 되는 소리를 하는 거냐. 직접 눈으로 확인하라는 거죠."

물론 시장의 부추김도 한몫하기는 했지만.

흥분하는 내게 노 교수가 물었다.

"자네는 진 교수가 아주 싫은가 보구만."

"당연하죠? 그 인간은 교수 자격도 없어요."

"난 사실 성훈이 네 말을 들으면서 좀 걱정이 되더구나."

"왜요? 질까 봐서요? 프랭크도 우리 논문 재미있고, 신선하다고 했다구요."

"아냐. 그런 말이 아니다."

"그럼요?"

"사실 네가 프랭크를 불러올 거라는 생각은 하지도 못했기 때문에 마냥 가슴이 두근거렸지만, 한편으로는 일을 너무 크게 키우는 게 아닌가 하는 우려가 들더구나."

"일을 크게 키우다뇨?"

"네 원래 목적은 논문의 논란을 종결시키는 것도 있었지만, 진 교수를 누르는 거였지?"

"누르는 정도가 아니라, 아예 학계에는 발을 못 붙이게 만들 거예요."

"클클클."

"왜 웃으세요?"

"그러니 말이다. 고작 진 교수 따위에게 프랭크 베리라니. 가당키나 한 말이더냐?"

"그게 어때서요?"

"이거야말로 소 잡는 칼로 닭 잡는 격 아니냐? 아니, 닭이라도 되면 좋지. 그건 쥐새끼야."

"음. 그건……."

너무 화가 나서 일을 저질렀고, 지금까지 달려오기는 했지만, 노 교수의 말을 듣고 보니 그 말이 맞았다.

내 스스로 부끄러워졌다.

'왜 한 번 더 깊이 생각하지 못했을까?'

군이 프랭크까지 부를 건 아니었는데.

"클클클. 화가 나서 주체를 못했던 거구만."

그의 말에 나도 모르게 얼굴이 붉어졌다.

노 교수가 내 어깨를 토닥였다.

"이해한다. 나라도 네 나이 때, 프랭크를 알았다면 그랬을 테니. 할 수 있는 가장 큰 인맥을 동원하고 싶었을 테지."

'가장 큰 인맥 아니거든요, 나름 많이 자중한 거라고요.'

건축가의 일에 알리나, 압둘을 부를 수는 없지 않은가?

하지만 이미 시위는 당겨졌다.

입술을 깨물고 말했다.

"교수님, 그래도 여기까지 왔는데, 그만둘 수는 없어요."

"그래, 안다. 해야지. 다만······."

"다만요?"

"이길 자신은 확실히 있는 거겠지."

"네, 더러운 꼼수만 부리지 않는다면 이길 수 있다고 생각합니다."

"알았다. 그럼."

말을 끄는 노 교수에게 물었다.

"무슨 말씀을 하시려고요?"

"나도 네놈 주변 청소하는 김에 내 주변에 쓰레기도 같이 넣으려고 한다. 왜?"

쓰레기 청소라!

이보다 더 적절한 표현이 있을까?

"네? 누군데요?"

"그런 놈이 있다. 진 교수 놈 패거리 우두머리. 함께 쓸어넣어줄 테니, 정리는 네가 해라. 소는 못 돼도 개 정도는 될 거다. 그래 봐야 프랭크에게는 한참 못 미치지만."

"그 사람이 누군데요?"

"'한국 건축인 협회'라는 곳의 회장이다."

"네? 건축인 협회요? 건축가 협회가 아니구요?"

우리나라에는 건축 관련 협회들이 많다.

건축가 협회, 건축사 협회, 건설기술인 협회, 건설안전 협회 등등, 합하면 열손가락으로 꼽기 어려울 것이다.

하지만 건축인 협회라는 것은 처음 들어보았다. 그런 게 있기는 했었던가?

"그놈이 직접 만든 거다. 건축가 협회에서 정치질로 분란을 일으키고 쫓겨난 후 만들었지."

"그래요? 전 처음 들어봤어요."

"그렇겠지. 진 교수 놈 패거리인데 건축에는 관심 없고, 순진한 애들 꼬셔다가 이용이나 해먹고 내팽개치는 놈이다. 쓰레기지."

원래 급한 성격의 노 교수이지만, 그 사람에 대해 말할 때는 매우 분노했던지, 목소리가 떨리고 있었다.

'뭔가 사연이 있는 건가?'

"저번에는 상대하기 싫다고 하셨잖아요."

"그랬지. 그런데 네 녀석이 하는 노력이 빛을 발하지 못할 거 같아서, 내가 거드는 거다."

"헤, 아닌 것 같은데요? 교수님 개인적인 복수를……."

놀리듯 말했지만 노 교수는 순순히 인정했다.

"그래, 개인적인 복수다. 내 제자 몇 놈이 그놈 말장난에 놀아나서, 인생을 망쳤다. 앞날이 창창한 녀석들이 말이다."

"그냥은 안 돼요."

"엥? 그럼? 돈이라도 주랴?"

노 교수의 가장 큰 무기는 실력이었다.

'돈 따위를 어디에 쓰려고요. 당신 실력에 비하면 하찮은 거라고요.'

"프랭크가 나오는 프로그램에 같이 참여해 주세요. 그 한 건협 회장이라는 사람도 같이 세트로 묶어서요."

인간적으로 노 교수에게 호감이 있지만, 이건 내게는 또 다른 의미가 있었다.

'이건 현재 건설에 우리 설계도를 팔게 해주신 데 대한 보답입니다.'

그는 내게 스타타워에 대해서 일언반구 한마디도 하지 않다. 내가 그 사실을 안다는 것도 관심이 없겠지. 애초에 내게 생색내려고 한 것도 아니었다.

'그래도 빚을 졌으면 갚을 줄도 알아야지.'

몰랐으면 몰라도, 알고는 그냥 지나가면 안 되지.

인상을 찌푸린 노 교수에게 말했다.

"교수님, 이왕 복수를 하려면 화끈하게 해야죠. 무대 뒤에서 박수나 치면서 복수했다고 자위할 수는 없잖아요. 이런 무대가 또 있을 것 같아요? 안 그래요?"

그는 흥미로운 눈으로 나를 물끄러미 바라본다.

"네 녀석이 만든 판이 아니더냐?"

자신이 끼어들어도 되는지 묻는 것이리라.

노 교수를 바라보며 웃었다.

"교수님, 신세 지셨으니 나중에 한번 갚으세요."

그는 건축에 있어서는 저명한 교수이며, 또한 실력파다. 실력으로 붙어서 꼼수를 쓰는 자에게 질 리가 없다.

그가 여태까지 그를 응징하지 못한 것은 음지에서 수를 쓰기 때문일 것이고, 그런 싸움에 끼어들지 않으려 했던 것도 그런 이유 때문이리라.

'양지에서 싸운다면? 그것도 실력으로?'

승부에 장담은 금물이지만 이변이 없는 한, 실력으로 판가름난다. 그게 상식이다.

작은 소망이 하나 있다면 내 주변에는 이런 상식이 일상이었으면 한다.

자, 무대는 거의 완성되었고, 등장인물의 섭외도 완성되었다.

그럼 이제 남은 것은 연출력인가?

시나리오를 좀 더 꾸며봐야겠군.

'인맥을 자랑하셨겠다? 진 교수님.'

지금 내 주변에는 나를 좋아하며, 내 일이라고 하면 발 벗고 뛰어주려는 사람들이 있다.

인맥? 별건가?

내가 새로운 삶을 살아오면서 내가 좋아하고 나를 좋아하는 사람들이 모두 인맥이다.

나를 이용하여 뭔가를 획책하려는 것이 없다.

내가 좋아서 염려해 주는 것이고, 도와주는 것이다.

그들이 힘이 있고 없고로 그 가치를 판단할 것이 아니다. 힘이란 지극히 상대적인 거지.

누군가에게는 그것이 판단의 절대적 기준일지 몰라도.

-진 교수. 그동안 잘 지냈나?

"누구신지?"

-날세. 회장.

진 교수는 고개를 갸우뚱했다.

'회장?'

-하긴 그동안 얼굴 못 본 지 오래 됐으니, 까먹을 만도 하이. 날세, 이시후. S대 총동문회장. 한국건축인협회 회장.

진 교수가 자리에서 벌떡 일어났다.

"아이고, 선배님. 그동안 강녕하셨습니까? 공사다망하신데, 직접 전화를 다 주시고."

생각지도 못한 거물이 전화를 해 왔다.

무엇 때문일까?

그동안 어떻게든 그와 연줄을 맺어보려고 했지만, 감히 그에게는 다가갈 수조차 없었다.

그런 그에게서 연락이 온 것이다. 그것도 직접.

-그동안 후배를 챙기지 못해, 미안허이.

"아닙니다, 선배님. 요즘에 바쁘시다는 얘기 많이 들었습니다."

협회장인 그는 정치에 관심이 많았고, 요즘에는 거물 정치인과 연줄이 닿아서, 조만간 정치권으로 진출하려고 한다는 소문을 들었다.

이런 인물이라면 반드시 인맥으로 만들어야 하지 않겠는가?

-아닐세. 내가 미안하지. 너무 바빠서 후배들 챙길 여가가 있어야지.

회장은 너털웃음을 터뜨리며 말을 이었다.

-요즘 진 교수, 자네가 맹활약을 하고 있다면서, 선배로서 흐뭇허이.

"네? 아이고, 아무것도 아닙니다."

-허허, 그래도 우리 S대 후배가 건축계에서 관심을 받고 있으니, 뿌듯하기 그지없다네.

"그저 선배님들께 폐나 끼치지 말았으면 좋겠습니다."

-사람 참. 겸손하기는. 그럴 일이야 있겠나? 우리 동문이라면 그 정도 활약은 해줘야지. 우리가 주목받지 못하면 누가 주목을 받겠나?

"관심 가져 주셔서, 그저 황송할 따름입니다."

−그런데 말일세. 내 부탁 하나 해도 될라나?

이제 그가 전화한 이유가 나올 것이다.

진 교수는 바짝 긴장하며, 수화기를 귀에 바짝 붙였다.

"뭐든지 말씀만 하십시오. 선배님."

−프랭크 베리가 울산에 온다면서.

"네, 맞습니다."

−나도 한 번 참석을 해보고 싶은데, 초대권을 구할 수가 없어서 말이야.

"아!"

−울산 시장이 거기 대학에는 교수들에게 무료로 배포했다고 하던데, 혹시 구할 수 있겠는가?

TV에 얼굴을 비치려는 속셈이리라.

'필요할 때만 전화를 하는군. 쳇.'

하지만 곧 마음을 바꿔 먹었다.

'이건 기회야. 하늘이 주신 기회!'

이럴 때 부탁을 들어주면 나중에 힘들 때 나를 모른 척하지는 않으리라.

"걱정하지 마십시오, 선배님. 여기 울산 정도는 이 후배가 꽉 쥐고 있습니다."

−허허, 그래야지. 당연히 그래야지. 똑똑한 후배를 둔 덕분에, 이번에 한건협 회장으로 방송 탈 기회도 한번 생기는구만.

"별말씀을 다 하십니다. 동문 좋다는 게 뭐겠습니까? 이럴 때 돕는 거지요."

ㅡ허허허, 고마우이. 내 자네의 충심 잊지 않겠네. 이번에
S대 교수 충원을 한다던데, 자네 이름을 거론해 봐야겠구만.

"헉, 그렇게까지 신경 안 써주셔도."

ㅡ어허, 자네 같은 유능한 인재를 누가 마다하겠는가?

통화가 끝나고, 진 교수는 쾌재를 불렀다.

양쪽 입꼬리가 귀에 걸릴 듯한 모습이었다.

"드디어……. 내게도 기회가 왔구나."

그렇게 친해지려고 해도, 눈길조차 주지 않았던 선배가 아
니던가?

그런데 직접 연락을 해왔다?

그 입장권이 성훈이 그놈에게 있다고 했던가?

'제깟 놈이 내놓으라면 내놓겠지.'

얼마 전까지만 해도 바락바락 말대꾸하던 어린놈이, 한번
힘으로 눌러주니, 싸움에 진 개마냥 꼬리를 말지 않았던가?

초대권 한 장에 S대 교수 자리라.

"흐흐흐."

진 교수가 자리에서 일어났다.

to be continued